La otra orilla

Un chino en bicicleta

III Premio de novela
La otra orilla

convocado por

GRUPO
EDITORIAL
norma

La otra orilla

Ariel Magnus

Un chino
en bicicleta

La otra orilla
www.librerianorma.com
Bogotá Barcelona Buenos Aires Caracas
Guatemala Lima México Panamá Quito San José
San Juan San Salvador Santiago de Chile Santo Domingo

Esta novela es una obra de ficción. Los nombres, personajes, lugares y
sucesos que aparecen en ella, a excepción de algunos acontecimientos
históricos y figuras públicas ya conocidos, son fruto de la imaginación del
autor o se usan con fines literarios.
Cuando aparecen sucesos históricos o figuras públicas reales, los acontecimientos,
lugares y diálogos relativos a estas personas son completamente imaginarios y no
pretenden describir aconteciminetos reales o modificar la naturaleza del todo ficticia
de la novela.

Magnus, Ariel
    Un chino en bicicleta / Ariel Magnus. -- Bogotá :
Grupo Editorial Norma, 2007.
    288 p. ;   22 cm. -- (Colección La otra orilla)
ISBN 978-958-45-0379-4
    1. Novela argentina 2. Incendios - Novela I. Tít. II. Serie.
A863.6 cd 21 ed.
A1132416

            CEP-Banco de la República-Biblioteca Luis Ángel Arango

© 2007, Ariel Magnus
© 2007, de la presente edición en castellano para todo el mundo
Editorial Norma, S. A. para *La otra orilla*
Primera edición: octubre 2007

Diseño de colección: Jordi Martínez
Imagen de la cubierta: Pablo Tapia
Armada: Blanca Villalba P.

Impreso por Cargraphics S.A.
Impreso en Colombia - *Printed in Colombia*

ISBN 978-958-45-0379-4
CC 26072129

47930-P1 9954-15/08/07

Contenido

1 13

2 17

3 23

Los juiciosos 27

El juicio perdido (un delirio) 31

El juicio (recuperado) 35

7 39

8 43

Diálogo imaginario de las costureras............ 49

Diálogo imaginario entre abuelo y nieto 53

11 55

12 59

13 63

Historia de Lito Ming según Chen 69

Historia de Chen según Lito Ming 73

16 77

17 83

18 87

19 91

Historia del padre que se negaba a festejar
los goles y del hijo que se negaba a insultar.............. 95

21 99

La increíble historia de la escuela de fútbol para chinos
de Jáuregui fundada por el arquero de la selección
juvenil argentina campeona del mundo en 1979............ 103

23 109

Las lecciones de Li. I: El enigmático Dr. Woo 113
Las lecciones de Li. II: Los secretos del otro Li 117
Las lecciones de Li. III: La verdad sobre las
películas de artes marciales 121
27 125
28 131
29 137
El amor, praxis y teoría 141
Durmiendo junto a Yintai (un sueño chino) 145
El amor, teoría y praxis 149
33 155
34 159
Los misterios de Li 167
36 173
37 179
38 183
El casamiento chino (antes) 189
Historia del chino que quería comprar 6
medialunas y terminó llevándose 10 (Breve
alegoría sobre el choque de culturas, pero con
final feliz) 195
El casamiento chino (después) 199
Chinos en tránsito (Apuntes para una teoría
psicoantrocultuecosociológica de la inemigración) 205
Extrañamientos 209
44 211
45 215
46 223
Una noche con Leslie Cheung 225
48 231
49 239
Mundo rasgado 243
51 247

52 251

El Apocalipsis según Li................................. 255

54 259

El satori que nunca alcanzó el moishe que no era tal.....265

El manga de Li 269

4705 275

1

Sí, este es el principio del viaje.
O sea, el principio de lo real.

VÍCTOR SEGALEN

Siento el frío de la pistola en la nuca casi antes de oír la puerta del baño abriéndose de golpe, el brazo flaco y lampiño de una persona que no alcanzo a ver me cruza el pecho y me hace girar en redondo, me abrocho rápido el pantalón y avanzo empujado desde atrás, pienso con culpa en que no tiré de la cadena, quizá ni funcionaba. El baño del juzgado da a un pasillo muy angosto, al fondo un par de policías apuntan hacia mí con sus armas mientras le gritan al otro que suelte la que tengo clavada en el cuello, no sé cuál de todos los caños que me miran me da más miedo, el otro igual les hace tanto caso a los policías como yo a mi dietista y seguimos avanzando, cuando llegamos al final del pasillo los policías se repliegan, algunos me miran condolidos. Giramos a la derecha y encaramos hacia la salida del edificio, atrás queda el espejo percudido donde se refleja el relieve gauchesco-estalinista que engalana la pared de enfrente, atrás queda también la araña gigante que echa más sombra que luz sobre el conjunto y que parece a punto de desplomarse, yo por las dudas la esquivé cuando fui al baño, los policías que nos escoltan caminando hacia atrás nos hacen señas de que frenemos pero ya sin convicción, hasta parecen haberse aburrido de todo el asunto. Es entonces que mi captor grita no sé qué cosa y yo me doy cuenta de que es Li, Fosforito, el chino pirómano al que acaban de condenar en el juicio donde yo oficié de testigo. Porque a todo esto yo tengo el iPod puesto, por una de esas casualidades que me hacen pensar que el mundo está regido por la Gran Computadora justo en ese momento suena en mis oídos Los Tintoreros, una banda de chinos argentinos que hace rock pesado, los gritos de Fosforito se cuelan dentro de la canción y pegan tan bien con el tema que seguro voy a extrañarlos la próxima vez que lo escuche. Para avanzar más rápido o para protegerse de una eventual balacera el chino decide llevarme en andas, girando para no mostrarle la espalda a nadie pasamos por delante del juzgado número 26 donde lo acaban de condenar a cuatro años de cárcel por portación de arma de guerra e intento de incendio, me pregunto cómo hizo para escurrírsele al milico que lo custodiaba, al chino parece no costarle ningún esfuerzo llevarme en andas y eso que él es una laucha y yo más bien un lechón.

Una vez afuera Fosforito me apoya de nuevo sobre el suelo, alrededor ya se formó el clásico grupo de curiosos, parecen contratados, la gente grita cosas que no alcanzo a oír, algunos fuman en los balcones, qué raro que no esté la gente de Crónica TV. El tráfico en Paraguay está cortado, Fosforito amaga con llevarme hacia la esquina de Montevideo, después cambia de idea y vamos hacia el otro lado, se frena de vuelta, evidentemente no sabe para dónde encarar, el chino, parece un porteño perdido en Pekín. Entonces se le ocurre una idea desquiciada, le apunta a un policía que estaba parapetado detrás de la puerta de su patrullero y le hace señas de que se corra, se mete conmigo adentro por la parte del conductor y me empuja hasta que quedo del otro lado, le cuesta unos segundos arrancar, después salimos arando, casi nos llevamos puestos a algunos curiosos de la vereda de enfrente.

En la esquina de Paraná no chocamos contra un colectivo porque la Gran Computadora no lo quiso, después seguimos hasta Corrientes y ahí doblamos hacia el bajo, todo esto en primera, el motor parece a punto de estallar, mi viejo que es tachero creo que en mi lugar se muere de un síncope. La avenida está cargada, a la altura de Libertad casi no avanzamos, Li mira desesperado el tablero, les pega con la punta de la pistola a algunos botones, me habla y ahí me doy cuenta de que sigo con los auriculares puestos, ahora suena una balada de Iron Maiden, me da lástima cortarla y me saco el auricular izquierdo nomás. Lo que el chino me estaba pidiendo era que encendiera la sirena, busco en el tablero y después en el techo, muevo perillas, alguna es la correcta y por primera vez en mi vida oigo el ulular desde adentro de un patrullero.

Afuera nadie le hace caso, que se les enfríe la pizza a esos botones coimeros deben pensar los otros, Fosforito igual acelera, toca al auto de adelante y le pasa de refilón a una viejita en la esquina, llega a la 9 de Julio y encara para la autopista, ahora sí en quinta. Cuando rompemos la barrera del peaje el chino pega un grito que tapa las sirenas, ni que hubiéramos pasado la frontera con México y ya fuéramos libres, a la izquierda se ve la villa. Li deja el arma contra el parabrisas y sonriéndome me guiña un ojo, o está loco o es un maestro, el chino este, supongo que las dos cosas, y que por eso me cayó simpático desde el principio.

2

Mi historia con el chino pirómano también empezó con un patrullero y unas sirenas, fue la noche del 2 de septiembre de 2005, yo volvía de lo de mi novia, habrán sido las dos o tres de la mañana, cuando pasó un patrullero metiendo ruido en el sueño de la gente y en mis auriculares, tráfico que despejar no había. Vi que se paraba junto a otro patrullero en la esquina de Avenida La Plata y Guayaquil, al parecer habían detenido a alguien, algo raro para la zona porque yo la caminaba varias veces por semana y lo único que encontraba eran ladrones, tres veces había sido asaltado y salvo algún cabo jugando con su teléfono móvil nunca había visto nada parecido a una autoridad.

—¿Cuál es tu nombre?

—Ramiro. Ramiro Valestra.

—¿Edad?

—25.

—¿Tenés los documentos encima?

—Sí.

—Entonces vení conmigo que salís de testigo. Y sacate los auriculares cuando te hablan.

Además de cuatro policías y del detenido había otra persona, un segundo testigo al que yo le veía cara conocida, después me acordaría de dónde, sobre el capó de uno de los patrulleros estaban desplegados una pistola y cartuchos, una botella llena de algo raro, fósforos, una piedra, una billetera, apoyada contra el guardabarros había una bicicleta y parado detrás, la cabeza alzada y la mirada tranquila, Li, el incendiario que luego se haría famoso bajo el apodo de Fosforito.

Debía tener más o menos mi edad, era bastante alto para ser un chino, bastante rellenito también, tenía el clásico flequillo indómito de sus compatriotas y la cara muy blanca, sus labios casi no se veían de tan finos pero parecían estar todo el tiempo a punto de sonreír, cada tanto cerraba los ojos ya bastante cerrados como si hiciera foco para ver bien de lejos. Estaba vestido exactamente igual que yo, zapatillas, jeans, remera, camperita liviana, y a falta de aros en las orejas llevaba cadenitas en el cuello, tal vez fue esa coincidencia lo que me hizo simpatizar con él desde el principio, tal vez se debió a que nunca había visto a una persona esposada o a que, como casi todos los delincuentes, Li no tenía cara de serlo.

Mientras un policía labraba el acta y nos iba explicando qué es lo que veíamos, la pistola «nueve milímetros lista para su uso inmediato con cartucho de repuesto de 30 proyetiles», la botella «de Coca-Cola de 500 mililitros o sea medio litro aproximadamente llena de líquido amarillo de aroma símil nasta», una caja de fósforos «marca Los Tres Patitos», una piedra «del tamaño de un puño», una billetera con «setecientos dieciocho pesos argentinos», mientras nos leían lo que íbamos a tener que firmar yo trataba de acordarme de dónde conocía al otro testigo, tenía una de esas caras que uno no sabe si frecuentó bastante hace mucho tiempo o apenas hace muy poco. Me acordé de golpe cuando él me miró con gesto de que mejor me lo olvidara, era uno de los ladrones que me habían asaltado en la zona, el último para ser precisos, las zapatillas que llevaba puestas eran mías.

Disimuló mi consternada sorpresa el frenazo del camioncito de Crónica TV, siempre firme junto al pueblo, se había metido en Guayaquil a toda velocidad y de contramano como un patrullero más, el chofer saludó a uno de los policías con fraternidad sospechosa. El que escribía el acta se apresuró a taparle la cara a Li pero el amigo del chofer lo frenó a tiempo para que la cámara pudiera hacer algunas tomas, después las luces se concentraron en las evidencias del crimen mientras el de mayor rango se peinaba el pelo y los bigotes, las preguntas se las hizo el mismo chofer ahora en su papel de periodista.

—¿Cómo se produjo la detención, señor comisario?

—El sujeto viene circulando de contramano en su bicicleta por la calle Guayaquil y viendo el patrullero inicia una acción de fuga llamando la atención de los efectivos que procediendo a detenerlo le confiscan un arma y otros ojetos comprometidos.

—¿El delincuente sería el pirómano que asola el barrio hace semanas?

—Bueno, eso lo debe determinar la justicia, pero yo pienso de que sí.

—¿Cuál es el origen de este malviviente?

—Según las primeras pericias sería un hombre de nacionalidad oriental, como se puede ocservar a ojos vista.

Cuando la cámara se volvió hacia nuestro lado el chorro ya se había ido, ni lo vi firmar los papeles, a Li lo habían encerrado en el móvil y lo tuvieron que sacar de nuevo para que Crónica registrara el acontecimiento, por lo que había podido escuchar lo acusaban de ser el que estaba incendiando mueblerías en Buenos Aires, ya podía ver los títulos en blanco sobre colorado con musiquita de fanfarria de fondo, Sátiro de las mueblerías era chino, Chino incendiario planeaba nuevo golpe, después me enteré del apodo Fosforito, a los de Crónica no hay cómo ganarles.

El patrullero arrancó con las sirenas encendidas por las calles desiertas y la cámara lo siguió hasta que se perdió en la esquina, después me enfocaron a mí mientras firmaba el acta y me hicieron algunas preguntas, yo no sabía nada pero igual contesté, la gente hace cualquier cosa por estar un rato en la tele, igual lo mío no debe haber sido muy revelador porque no me pusieron, nadie me vio al menos, los de Crónica guardaron sus aparatos y los policías sus evidencias, se fueron juntos por La Plata.

La verdad es que yo nunca había sido testigo de nada, ni siquiera de un casamiento o de un bautismo, en mi inocencia pensé que eso era todo cuando sólo era el principio y me fui contento con la nueva anécdota, la noche parece muerta pero es cuando más cosas ocurren. Lo único que me inquietaba era saber que el chorro andaba por la zona, sabía que conocerlo no era ninguna ventaja, en el asalto anterior había querido jugarla de amigo diciendo que era la quinta vez que me robaban en la misma cuadra y que si no me hacía descuento por cliente fijo, el flaco me robó igual pero al irse me sonrió, yo creo que eso lo terminó delatando, de un ladrón que te sonríe uno no se olvida tan fácil.

3

Pasó más de un año, un año particularmente malo, mi madre tuvo que cerrar el negocio, tenía una quesería, a mi padre le encontraron un tumor en el estómago, él lo ignora y sigue manejando su taxi, mi hermano se fue a vivir a Brasil, a hacer qué no lo sé, y yo me enteré de que mi novia me ponía los cuernos, para colmo con mi mejor amigo, la clásica.

—Cómo pudiste hacerme esto con mi mejor amigo, Vanina.

—Tan buen amigo no debe ser.

—Cómo pudiste hacerme esto con mi novia de siempre, Nacho.

—Te aseguro que no fui el primero.

Un año pésimo, como digo, el único consuelo que me quedaría era que para otros había sido mucho peor, por ejemplo para Li, lo vi de nuevo un miércoles de mediados de diciembre cuando fui citado a comparecer en el juicio, tribunal oral en lo criminal número 26, calle Paraguay 1536. La citación me llegó junto con el telegrama de despido, otra de las malas nuevas de los últimos meses aunque esta era predecible, trabajo en sistemas y cometí un error grave, eso se paga. Lo que más lástima me dio fue que la audiencia era en horario de oficina, entre eso y contar la anécdota a la vuelta se me hubiese pasado el día sin sentirlo, la verdad es que odio trabajar.

Mi experiencia en juicios orales y públicos se limitaba a las películas yanquis, ni siquiera sabía que existía algo así en Argentina, tampoco entiendo por qué algunos son orales y otros no, si a mí me dieran la opción preferiría ir directamente a la cárcel antes que tener que sentarme frente al público en el banco de los acusados. Igual el público en este caso se conformaba apenas por tres estudiantes de derecho, una de ellas por cierto que muy potra, en la pausa fuimos todos juntos a comer, y un par de viejos que no pudimos decidir si eran abogados fuera de servicio, periodistas sin credencial o linyeras en busca de un poco de aire acondicionado. El escritorio de madera detrás del que estaban los jueces era lo único que se parecía vagamente a las películas, el resto no se distinguía de un aula grande de escuela con su pizarra, su bandera, las sillas de hierro, los tubos fluorescentes, las paredes sucias, la clásica cucaracha panza arriba en un rincón.

Los jueces eran un hombre y dos mujeres, una de ellas enana y gorda y con tanta cara de mala que cuando me tomó juramento me tembló la voz, a la izquierda de ellos estaban Li con el traductor y su abogado, el Dr. Paralini, y a la derecha el fiscal y sus asistentes, un policía de uniforme grisáceo cuidaba a Li, otro de civil vigilaba la puerta. Debajo del aparato del aire acondicionado, lo más moderno del recinto junto con la pizarra blanca, de esas que se usan con marcadores, había una computadora, una reliquia histórica en rigor, debe haber funcionado a pedal. Un secretario joven, amable e impecablemente vestido tipeaba con dos dedos, el teclado hacía tanto ruido que varias veces los que hablaban tenían que repetirse lo que decían, había micrófonos y parlantes pero por supuesto no funcionaban.

De todo esto tomé nota después, al principio lo único que vi fue a Fosforito, no al entrar porque estaba un poco nervioso sino cuando la jueza con cara de mala me preguntó si lo conocía y yo dije que sí aunque debería haber dicho que no, estaba mucho más flaco que la última vez y tenía el pelo rapado como un loco, cerraba los ojos con mayor frecuencia, parecía que tuviera un tic, los labios ya no sonreían. La ropa que tenía puesta también daba lástima, un jogging celestito de tela demasiado gruesa para la época, sucio y con algunos agujeros además, sobre el pecho se adivinaba la estampa de un hotel en Saint Tropez, no entiendo por qué esos lugares caros se publicitan por medios tan baratos, la gente va igual. Más que lástima lo que Li daba era culpa, parecía que lo acabaran de agarrar cruzando ilegal la frontera después de dos semanas perdido en el desierto, estaba no para tirarle una moneda sino directamente para adoptarlo.

—¿Jura o promete según sus creencias decir la verdad y nada más que la verdad?

—Sí.

—¿Sí qué?

—Juro, juro.

Los jueces y los abogados no me preguntaron nada en especial, la verdad es que me podrían haber ahorrado el trámite, el otro testigo ni apareció, hubo protestas del abogado de Fosforito, demasiado tibias a mi gusto, me pregunto cómo habría reaccionado si hubiese sabido a qué se dedicaba ese testigo. En vez de confirmar que el de ahí era el acusado, que la bicicleta que me mostraron en una foto era la misma que había visto esa noche, que la firma en el acta de detención era la mía, en vez de todas esas obviedades me habría gustado contar lo que pasó con la gente de Crónica TV, eso de que destaparon al chino para filmarlo y que lo hicieron entrar dos veces al patrullero para que lo tomara la cámara, pero nadie me preguntó. Mi pálpito es que los jueces no querían saber nada de lo que había salido en televisión o en los diarios sobre el caso, hablar de eso era de mal gusto, como recomendarle a un médico consejos de abuela o darle a un cocinero sopitas Knorr, el Dr. Paralini pareció no entenderlo y citaba el diario como si fuera una autoridad, un error grosero, en mi lugar ya habría recibido el telegrama de despido.

Como yo era el primer testigo y después estaba libre, salir a buscar trabajo nunca fue mi fuerte, además tenía a la diosa estudiante, no recuerdo su nombre pero sus otros atributos no me los olvidaré jamás, como estaba libre respondí las preguntas y me quedé a ver el resto, ver juicios es gratis y, la verdad, entretiene casi tanto como la Playstation.

Los juiciosos

A pocas cuadras de donde detuvieron a Li se había producido un incendio, el segundo de esa noche y el número once en lo que iba del mes, todos contra mueblerías o colchonerías de la zona, se supone que ninguna de ellas asegurada, familias enteras en la ruina titulaban los diarios. El más devastador ocurrió el 30 de agosto en la esquina de Corrientes y Malabia, no murió nadie pero tampoco se salvó nada, todavía hoy se puede ver el hueco negro, el fuego llegó hasta los balcones vecinos y quemó un auto estacionado en la puerta, Crónica TV lo transmitió en vivo. La hora de los ataques era siempre la misma, entre la una y las cuatro de la mañana, el método tampoco variaba, rompían la vidriera con una piedra y tiraban nafta por el agujero, a veces por debajo de la puerta, aunque los bomberos llegaran rápido la mercadería igual se echaba a perder, el humo del cigarrillo se quita con una lavada pero el de un colchón quemado parece ser que no. En algún caso alguien había visto a un hombre arrojar el fósforo y huir en bicicleta, desde entonces que la policía lo buscaba, el chino evidentemente no miraba la tele o la miraba y no la entendía porque debe haber sido el único habitante de la ciudad que no se enteró.

A Li lo detuvieron no sólo en bicicleta y con todo lo necesario para iluminar la noche, sino que después encontraron en su casa más piedras y un mapa de Buenos Aires donde supuestamente estaban marcados todos los locales incendiados, un sospechoso tan impecable que ya era como para despertar sospechas, el chino expiatorio lo llamó su abogado como si al pobre Fosforito lo que le anduviera faltando fueran apodos. La prensa en cambio estaba encantada y empezó a hacer hipótesis, la más firme decía que Li era un soldado de la mafia china, quemaba locales estratégicos para que luego sus paisanos los compraran baratos y pusieran sus minimercados, cómo se explicaba si no que un tipo que trabajaba de repartir mercadería anduviera con 700 pesos en el bolsillo.

Durante el juicio me enteré de que lo primero que hizo el chino cuando lo detuvieron fue mostrar el permiso de tenencia de arma, dijo que se la había comprado porque ya lo habían asaltado varias veces, algo más que creíble según mi propia experiencia pero no sé si la explicación más recomendable para ese momento, adelante tenía a los policías encargados de que él no tuviera que recurrir a esos métodos para sentirse seguro. Cuando le preguntaron por las otras cosas dio explicaciones menos verosímiles, dijo que la nafta era para una moto, la piedra para destrabar la cadena de la bicicleta cuando se le atascaba y la caja de fósforos gigante para encender los cigarrillos, nadie le creyó pero como nadie va preso por falta de ingenio se lo llevaron por no tener permiso de portación de arma, en el juicio aprendí que una cosa es la tenencia y otra la portación, igual tengo entendido que por algo así nadie que no sea un pobre chino termina en la cárcel.

—Yo tengo un arma y tampoco sabía lo del permiso de portación.

—No lo estamos juzgando a usted, Dr. Paralini.

Tampoco Li terminó en la cárcel propiamente dicha, en la comisaría lo interrogaron y como empezó a delirar, decía que tenía un chip en la cabeza desde donde recibía órdenes del presidente de China, eso a mí me gustó, eso y que lo hubieran robado tantas veces como a mí, como empezó a delirar le dieron pastillas hasta dejarlo tonto, cuando llegó el traductor de la boca sólo le salía baba. Uno se pregunta cómo hicieron para interrogarlo si no había traductor y en general por qué lo interrogaron antes de que consultara a un abogado, tal vez nuestras fuerzas de seguridad querían demostrarle que cuando quieren pueden ser poco burocráticas y altamente expeditivas, sin dejar por eso de ser generosas, no olvidemos que lo medicaron gratis.

Los cuatro meses siguientes Fosforito los pasó en el manicomio José Tiburcio Borda, pabellón 20, anegado por lo que se llama chaleco químico, como el de fuerza pero hecho de fármacos. En el juicio oral hablaron todos los psiquiatras que lo habían tratado en esos meses, todos menos el primero, igual eran como diez y cada uno un personaje aparte, había desde el galán tostado hasta el pedófilo reprimido, estaba la dómina de tacos altos y cejas postizas y la desgraciada con cara de haber criado quince hijos delincuentes. En lo que sí coincidían los diez era en llamarse doctores los unos a los otros, en hablar con palabras que sólo ellos entendían y en que el acusado presentaba un leve retraso mental, ninguno

29

pudo explicar cabalmente lo que eso significaba pero quedó como un hecho, yo los miraba perorar sobre los problemas mentales del chino y pensaba que no todo está perdido para el mundo occidental mientras dos personas se puedan poner de acuerdo para declarar insana a una tercera.

El juicio perdido (un delirio)

Todo fue muy loco, man, iba andando una noche con mi bici por la lleca cuando de golpe me para la yuta, me para mal, man, les pregunto loco qué onda y me tiran contra el capó del batimóvil, pará loco pará les digo pero ellos que de dónde saqué el arma, que la nafta para qué era, y las piedras, los fósforos, loco yo te lo puedo explicar le decía yo como si fueran mi mujer que me agarra con otra pero ellos callate, callate chino puto o te hacemos comunismo en el ano, ahí cae una cámara y yo piré, chabón, te juro que pensé que iban a filmar una porno conmigo, si están de la mente esos tipos, pero al final no, era la tele, bueno no sé qué es peor, después me llevaron a la comisaría y vino una doctora y me preguntó no sé qué cosas, estaba más loca que yo, loco, yo no sé qué le dije y me dio pastillas, obvio que no las tomé, entonces vino uno de los canas y me puso la reglamentaria en la sabiola, tomate las pastillas chino del orto porque no quiero tener que desperdiciar en vos una bala que se paga con los impuestos de la gente, obvio me las tomé como un nene la chocolatada, loco no te imaginás lo que fue, fue como fumarse ochenta porros de una, yo babeaba, man, parecía un perro rabioso, la sarta de gansadas que debo haber dicho no me quiero ni imaginar, te digo que estaba re loco, después me metieron en un calabozo con unas minas que daban miedo, obvio eran travestis, unas gomas así, man, cada tanto un cana se llevaba a uno y lo traía a la media hora todo zarandeado, yo creo que eso me salvó de que me zarandearan a mí, al otro día vino de vuelta la doctora y me preguntó cómo estaba y yo le dije que para atrás, loco, hecho gadorcha estaba, man te juro que no podía ni pegarle con el meo al agujero del baño, ahí la doc me da más pastillas y obvio yo me las zampo, lo loco es que al toque me siento re pilas, man, yo no sé qué tienen esas pastillas pero te juro que probás una y después no querés parar, son como los Sugus, man, de colores y todo, así que estuve unos días dándole a las pastillitas hasta que me llevaron a otra cárcel, después me enteré de que era un loquero, me lo dijo uno de los locos de ahí, el primer tipo cuerdo con el que hablaba desde que la yuta me robó la bici, estaba preso porque había violado a una mina, ojo que era el más tranca, otro de los que estaban con nosotros había matado a un vecino porque ponía la música muy fuerte y otro había matado a su mujer y a sus hijas, ¿no es re loco?, porque ponele que yo haya incendiado las mue-blerías que dicen que incendié y por mí si querés agregale que incendié Keybis y también Cromagnon y el obelisco y los pelitos de la concha del mono, man, ponele que yo soy Juan Domingo Nerón y ando armando montos de cosas y después los prendo fuego, ¿loco, a vos te parece meterme con todos esos desquiciados en la misma celda?, más que un depósito de delincuentes eso es una fábrica, loco, una escuela, entrás evasor de impuestos y te sacan pirómano, entrás pirómano y salís violador, estamos todos de la nuca, loco, rescatémonos, man, y no es que me quedé un fin de semana sino cuatro meses, ¿entendés?, cuatro meses empastado y con estos dementes quemándome el cráneo, todo muy limante loco, y un día me dejan de dar pastillas y me trasladan a Devoto, obvio sin explicarme nada, chino de mierda levantate, chino de mierda vení por acá, chino de mierda sentate, en Devoto me pusieron en una celda con otros chinos, la llamaban la celda amarilla no sé si porque estábamos nosotros o porque tenía un olor a meo que te tumbaba, no nos dejaban bañarnos porque decían que total éramos unos sucios, cada vez que nos traían la comida teníamos que enseñarles alguna toma de Kung Fu, y eso que nos daban las sobras de todo el penal, total ustedes los chinos comen cualquier cosa nos decían, además por qué tenemos los argentinos que pagarles la comida, encima que vienen acá a afanarnos el laburo y se hacen los loquitos los tenemos que alimentar, ninguno de nosotros había ido a juicio pero para ellos éramos todos culpables, recién cuando me puse a hacer la huelga se acordaron de que además de chinos éramos seres humanos, se pusieron como locos, man, me traían bife, probaban darme de comer papilla como a un bebé, loco te digo la huelga de hambre es la posta, a full man, les agarra un cagazo padre de que espirches ahí mismo y te llevan a un hospital y enseguida vas a juicio, dicen que no tienen fechas para hacerte un oral pero obvio que tienen, man yo sé lo que te digo, nosotros somos mil trescientos millones y siempre hay lugar para uno más, es cuestión de ponerle onda al asunto, así que te digo que la posta es hacer la huelga de hambre pero la posta posta es no salir a andar en bici de noche, man, la gente anda muy sacada y después resulta que el loco sos vos.

nerviosa/
enfadada
(me saca de
quicio)

El juicio (recuperado)

Ganará aquel que sepa cuándo pelear
y cuándo no pelear.

Sun Tzu, *El arte de la guerra*

Si no entendí mal, las pruebas de que Li estaba medio loco
eran sus respuestas a un test de dibujitos, el clásico dime qué
ves y te diré quién eres, yo tengo el peor concepto de ese tipo
de trampas, tanto en la escuela como cuando saqué el registro
me las hicieron y siempre caí, lo mismo cuando me obligan a
dibujar algo en las entrevistas de trabajo, nunca pinto lo que
esperan de mí ni descubro las formas que debería, tampoco
entiendo cuál puede ser la relación entre dibujar una casa con
techo a dos aguas o encontrar un rectángulo entre círculos y
estar sano de la cabeza, darle importancia a algo así es lo que
me parece de enfermo. No sé si Li pensará lo mismo sobre
los test, de lo que estoy seguro es de que es tan malo o peor
que yo haciéndolos, dijo en cada caso exactamente lo que no
había que decir, habló de momias y de vampiros y de ratas,
todos signos de paranoia, ansia de trascendencia y esquizo-
frenia según los médicos, realmente hay que ser medio idiota
para no intuir que cosas buenas no pueden significar, medio
idiota o del todo chino, nada significa lo mismo en todas
partes del mundo.

En lugar de insistir por ese lado y demostrar que Fosforito no estaba medio loco sino del todo, a un loco no se le puede imputar el incendio planificado de varios comercios, hasta yo que no entiendo nada del tema lo sé, en lugar de seguir esa veta el Dr. Paralini, un hombre de unos cincuenta años con físico de ex boxeador, traje y calva relucientes, cejas tupidas, ojos melosos, sonrisa compradora, el Dr. Paralini prefirió objetar la ausencia del médico forense, el primero que había visto a Fosforito, el mismo que le había suministrado los fármacos bajo el influjo de los cuales todos los otros médicos habían hecho sus teorías. Más tarde objetó también la actuación del traductor chino, que sabía tan poco castellano que Paralini hablaba mal de él y él ni enterado, objetó la actuación de la policía, insinuando que la detención fue ilegal y que todas las pruebas del delito habían sido inventadas, objetó a los medios, que habían acosado a su defendido desde la noche misma del arresto y luego habían hablado de mafias chinas sin pruebas, objetó finalmente al sistema judicial argentino, que había suministrado psicofármacos a un hombre sano y lo había encerrado sin razones en un neuropsiquiátrico de fama dudosa, que luego lo había trasladado a una cárcel común pero no le dejaba ver a un abogado y que nunca hubiera llegado a juicio si no fuera porque inició una huelga de hambre que casi lo mata.

—Porque mi defendido bajó 25 kilos, tuvo que ser internado para no morir, no es como algunos políticos que dicen que hacen huelga de hambre y lo que en realidad hacen es dieta.

—Aténgase al tema, Dr. Paralini.

Paralini hablaba bien, muy bien incluso, la verdad que era como para levantarse y aplaudirlo, pero los jueces revoleaban los ojos y bostezaban, se ve que la retórica es cosa de películas, en los juicios en serio o presentás pruebas o te callás. A los estudiantes de derecho sus parrafadas los dejaban igual de fríos, cuando se declaró un cuarto intermedio y salimos a comer yo estaba seguro de que Li quedaría libre y ellos de que pasaría los próximos años en prisión, parecía que hubiéramos asistido a dos juicios distintos, la futura abogada con la que gustoso hubiese pasado a otro tipo de cuarto intermedio llegó a decirme que Li tenía suerte, el fiscal lo había acusado de intento de incendio en una sola ocasión pero para ella era evidente que se trataba del autor de todos, por suerte para él no había pruebas suficientes como para endilgarle los otros diez.

—Y por suerte para él el juicio fue acá, estoy segura de que en China por mucho menos ya lo hubieran colgado en una plaza pública después de hacerle la tortura china de la gotita.

—¿Querés cenar conmigo?

—¿Eh?

—No, nada, una boludez.

Lo que pasó más tarde es sabido, el ciudadano chino Li Qin Zhong, clase 1980, repartidor de mercadería en minimercados chinos, todos los papeles de residencia en regla, sin antecedentes judiciales, fue declarado culpable de los dos delitos, intento de incendio y portación de arma de guerra, y condenado a cuatro años de prisión efectiva, uno menos que lo solicitado por la fiscalía por tratarse de un extranjero y de un débil mental, eso es ser piadosos. Me acuerdo que yo estaba indignado, me calcé los auriculares para no tener que hablar con nadie y me fui al baño, ahí Li me agarró lo que se dice con los pantalones bajos, su reacción sorprendió a todos pero en el fondo fue de lo más lógica, si se había comprado un arma para defenderse de los ladrones era de esperar que secuestrara a alguien para defenderse de la injusticia, es probable que incluso yo hubiese hecho lo mismo en su lugar, con la diferencia naturalmente de que no me habría cargado a un gordito pecoso y narigón sino a la estudiante celestial, tal vez Fosforito realmente tuviese problemas de visión.

7

Desde el inicio de mi cautiverio Li se ocupó de que no lo pareciera, en ningún momento me tapó la cabeza ni me encerró en un cuarto a oscuras, nunca llevé las manos atadas, ni siquiera me levantaba la voz. Todo muy caballeresco de su parte pero si voy a ser sincero bastante decepcionante para mí, yo me sentía como un periodista secuestrado en Irak y ya me podía ver ojeroso y demacrado leyendo alguna declaración por la tele con los fusiles clavados en la sien, mi ex novia que se abrazaba arrepentida al televisor y mi madre prometiéndose que si su hijo volvía vivo dejaba la bebida y le financiaba una nueva computadora, mis amigos que hacían la colecta para pagar el rescate.

—Señor, una monedita, estamos juntando plata para que liberen a Ramiro.

—Andá a laburar, drogadicto.

En lugar de eso Li me llevó a una casa de familia donde me presentó como si estuviéramos en China y yo hubiese venido por un intercambio estudiantil, él mismo se encargó de armarme una cama y de darme toallas y ropas de recambio, incluso ojotas, me sentía como en un Spa. Fuimos juntos hasta el baño, pensé que quería mostrármelo pero una vez adentro empezó a desnudarse y me hizo señas de que lo imitase, le di a entender que él debía estar más sucio y que a mí no me importaba esperar, insistió sin llevarme el apunte y tuve que seguirlo, macho es el que prueba y no le gusta pensaba a modo de consuelo. Ducharme con otras personas en el mismo baño es algo que no hacía desde mi último campamento, ducharme bajo el mismo chorro de agua creo que no lo hice nunca, para colmo Li no hacía ningún esfuerzo por evitar los roces, en algún momento hasta se puso a mear como si realmente estuviera solo, lo imité resignado, jugamos a ver quién le embocaba al medio de la rejilla, a falta de sangre ese fue nuestro pacto de pis.

Después del baño vino la comida, mejor dicho el banquete porque pocas veces vi tanta variedad, fuentes y fuentes llenas de cosas de lo más extrañas y de lo más picantes sobre una mesa casi pegada al piso, había que darla vuelta como a una ruleta e irse sirviendo, en el medio una olla gigante con arroz. Por suerte la comida china está de moda y todos entretanto nos damos maña con los palitos porque tenedor y cuchillo ni me ofrecieron, tampoco una familia argentina le ofrecería a un chino recién llegado unos palitos para que comiera los ñoquis. Lo complicado igual no era comer con palitos, los otros se ponían el pote debajo de los labios como si fueran a tomar sopa y simplemente arrastraban la comida, así cualquiera, lo complicado era sentarse sobre el piso con las piernas cruzadas, la panza y la falta de flexibilidad me impedían llegar hasta la mesa, terminé poniéndome de costado como vi que hacían las mujeres, después de bañarme con otro hombre ya no me quedaba ningún tabú. En la mesa había un nene de unos cinco años con la cabeza rapada, un viejo de barba blanca que parecía un actor disfrazado de Confucio, una mujer de mi edad con el pelo atado en rodete y los que parecían ser los padres de ella, clásico matrimonio de inmigrantes jóvenes que se habían traído al abuelo y al que un vago ya les había preñado a la hija.

Terminado el banquete Li se tiró a dormir y me invitó a hacer lo mismo, yo caí desmayado y cuando me desperté él ya no estaba, se había hecho de noche y la casa parecía vacía, digo casa pero eran dos habitaciones interconectadas que daban a un patio repleto de plantas raras, del otro lado estaba el baño y la cocina que pertenecían a la casa y al restaurante, estaba en los fondos de uno de los tantos del barrio chino en el bajo Belgrano, más tarde me enteraría de que su nombre era Todos Contentos. Recorrí los cuartos como quien sale a conocer el hotel al que acaba de llegar de vacaciones, unos biombos subdividían los ambientes para hacerlos parecer más grandes, cada subdivisión tenía su cama y se veía claramente quién dormía dónde, el abuelo donde había pilas de cuadernos con tablas llenas de números, el matrimonio donde estaba el televisor, el nene donde se apilaban los juguetes y su madre donde había dormido Fosforito, que era el mismo lugar donde habíamos comido y donde habían puesto mi cama, se ve que era el espacio comodín. Los pisos estaban cubiertos de alfombras y las paredes de telas, cuadros, almanaques, instrumentos musicales y adornos colgantes, ante todo adornos colgantes, decenas pendían como sonajeros en una cuna y ante la menor brisa hacían un ruido horrible, por cierto que no tanto como el que después produciría el equipo de música, clásico minicomponente aparatoso como una armadura medieval con el frente repleto de ecualizadores inservibles y lucecitas prostibularias. A su lado había un espejo flanqueado por recortes y fotografías y contra el rincón una vitrina cargada de budas, conté unos cincuenta, la mayoría de plástico, parecía la vidriera de un local de todo por dos pesos.

—Bueno bonito balato, amigo.

—No gracias, soy ateo.

Sólo con mucho esfuerzo logré convencerme de que pese a la comida abundante, al sueño reparador y a la dulce lejanía que emanaba de esos ambientes yo no estaba de vacaciones sino secuestrado, con un poco de buena suerte por un loco pirómano y con un poco de mala por la mafia china. Busqué un teléfono pero no había, estudié las posibilidades de escape aéreo y tampoco encontré ninguna, al fin pensé que quizá lo mejor era irme por donde había entrado, probablemente ya hubiera cumplido mi función y ahora no fuera para Li más que un lastre. En la cocina me topé con su suegro, estaba pelando pollos y me miró como si hubiera estado pelando hombres y viera entrar a un pollo, levanté una mano para saludarlo y él levantó la suya pero para indicarme que volviera a salir por donde había entrado, de flecha indicadora usó un cuchillo del tamaño de un cocodrilo bebé, bastó ese gesto casi paternal para que yo no sólo regresara a mi jaula sino para que no volviera a intentar abandonarla por mis propios medios, el chino puede ser un idioma muy persuasivo.

8

Por eso Mozi dice:
si los caballeros realmente desean
procurarle beneficios al mundo y destruir sus calamidades
no pueden hacer otra cosa más que prohibir cosas como la música.

Mozi, Libro VIII

Pensé que nunca más volvería a ver a Li, me había abandonado en ese patio de mala muerte como quien deja la mascota en lo de un vecino y así me trataban, tenía mi cucha y puntualmente me daban de comer pero nadie me hacía una caricia ni verbal, si sorprendía al abuelo o a su nieta estudiándome de reojo enseguida se hacían los distraídos, el nene me pasaba por al lado con su bicicleta como si yo fuera invisible, sólo el perro me olfateaba de vez en cuando, solidaridad de clase que le dicen.

—Guau guau.

—Sí, yo también te quiero.

Combatí el aburrimiento con mi iPod hasta que se quedó sin batería, el aburrimiento combatí y también la música, todo el día el bendito minicomponente repetía el mismo disco o incluso la misma canción, clásica pareja de china con voz de nena y chino con voz de galán resfriado gritándose vaya uno a saber qué cosas sobre fondo de piano y violines sintéticos, te amo mi vida casémonos y tengamos un chinito pero nada más, viva Mao y el glorioso Partido Comunista, qué otra cosa se van

43

a decir. A veces cambiaban de CD y ponían uno para el nene, curiosamente esos temas estaban cantados con voz normal y con instrumentos que no parecían salir de un teclado barato, a mi gusto hasta eran bastante buenos musicalmente, no sé por qué a los niños se les da algo mejor si al final terminan viviendo en el mismo mundo de mierda que sus padres.

De todas formas la música industrial no era la peor tortura, cada vez que uno baja un escalón cree haber tocado fondo pero siempre se puede descender un poco más, la escalera que lleva al infierno es tan multifacética e imaginativa como la que lleva al cielo, la peor tortura era que por las tardes el dueño del cuchillo tamaño cocodrilo bebé, Chao como supe más tarde, él se llamaba Chao y su mujer Fan, con esos nombres como para no terminar abriendo juntos un restaurante, por las tardes el señor Chao se distendía cantando frente al espejo los mismos ritmos que maltrataban mis mañanas, metía un CD instrumental en el equipo de música y empezaba a gritar adentro del micrófono, cuando entraba en calor se largaba con las contorsiones y los meneos, el espejo mostraba la imagen lamentable de un hombre de cuarenta y largos años comportándose como un adolescente borracho, él debe haber visto a Elvis.

Agobiante era también el calor, a ellos los salvaba el abanico pero a mí la muñeca se me cansaba enseguida, además de que abanicarse refresca pero al mismo tiempo es un ejercicio y como tal genera temperatura, no sé si la ecuación cierra. Además del abanico y a falta de ventiladores tenían otros métodos para combatir el calor, ir livianos de ropas era uno de ellos, el nene correteaba desnudo y el abuelo andaba en calzones, su madre y las costureras que la ayudaban a con-

44

feccionar trajes de novia tampoco cuidaban mucho más su vestir, no es que me molestara pero la verdad es que mucho para mirar no había. El otro método era untarse la frente y los lóbulos de las orejas con una crema mentolada, esa que viene en unas latitas redondas y pequeñas de color rojo, se venden por un peso en la calle y prometen curarte de cualquier cosa, pensé que era para turistas pero se ve que ellos también se lo creen. Un tercer antídoto contra el calor, el más original y el menos entendible, era tomar agua caliente, no té o sopa sino agua caliente sola, casi hirviendo, algo tan asqueroso como la leche hervida con el magro consuelo de que el agua al menos no forma nata.

La comida en general era buena aunque demasiado rara para mí, pensé que me iría acostumbrando pero lo cierto es que cada vez me sorprendía más, no sé si porque siempre eran platos distintos o porque yo me los olvidaba, lo más probable es que su número fuera acotado pero su combinación infinita, en la oficina mis compañeras también me hacían creer que tenían un armario gigante combinando tres prendas y dos pares de zapatos. Mi sensación en todo caso es que evitaban como a propósito lo que comemos los argentinos y lo que comemos los argentinos cuando salimos a comer lo que se supone que comen los chinos, lo único que no cambiaba nunca era el desayuno y el desayuno era lo único que yo no podía tolerar, por las mañanas había invariablemente té de jazmín acompañado por unos panes blancos hechos al vapor y unos raviolones rellenos de carne picante, incluso en un mundo sin medialunas ni dulce de leche hubiese sido un pecado imperdonable establecer eso como lo primero que se come en el día.

—Guau guau.

45

—Tomá, comelo vos.

Para entretenerme una vez que me quedé sin iPod jugaba al Tangram, ese rompecabezas chino hecho de siete partes con las que se pueden armar miles de figuras, siete mil según la leyenda, el juego más aburrido del universo hasta que uno se engancha y ya no puede parar, con todos los juegos pasa lo mismo y bien mirado con la vida misma también, si uno se frena y piensa dos minutos en lo que está haciendo se pega veinte tiros. Por suerte los chinos inventaron no sólo el juego con el que tensionarse por puro gusto sino también todo lo necesario para sacarse esa tensión innecesaria, la casa estaba llena de aparatitos de madera para hacerse masajes en todas las partes del cuerpo y así estaba yo, sudando frente al Tangram y después cepillándome los pies o la espalda con lo que encontraba por ahí, a veces lo hacía en paralelo y al final no podía determinar cuál de las dos actividades me provocaba tensión y cuál me relajaba.

Televisión miré al principio pero más tarde ya no, sólo veían canales chinos vía satélite o alquilaban películas, lo mismo con los diarios que llegaban de afuera, todos en chino, un poco me divertía ver las fotos de las bellezas orientales y buscarles paralelos en la farándula local, a la vez trataba de imaginarme de qué hablaba cada artículo guiándome por las pocas palabras latinas, pero en el fondo buscaba mi foto o mi nombre, no sé si encontrarlo entre esa maraña de signos indescifrables no habría sido peor. Los primeros días yo estaba seguro de que la policía estaría buscándome por todo el país junto a los agentes del Mossad que mi ex novia habría conseguido a través de contactos de su padre, imaginaba los programas de televisión en donde se discutía mi caso y las cartas que me mandaban las chicas enamoradas, pero sólo los primeros días, más tarde la indiferencia que suscitaba mi persona en esa casa empezó a parecerme un reflejo fiel de lo que debía estar pasando en el exterior y depuse toda esperanza de alguna vez ser hallado, ahora lo que me imaginaba era a mis fans limpiando el piso con las remeras de Free Ramiro, para distraerme de tan negros pensamientos subtitulaba los diálogos en chino que escuchaba por ahí.

Diálogo imaginario
de las costureras

—¿Y ese cara de leche, Flor de Loto?

—Lo trajo Li, Jazmín de Jade.

—¿Para?

—Engordarlo y comerlo.

—Jaja.

—Mentira. Al cara de talco ese lo usamos para rellenar las empanaditas chinas.

—¿Empanaditas chinas?

—Algo que vendemos en el restaurante.

—Ah, ¿y son ricas?

—No sé, yo no como eso ni loca.

—¿Alguna vez probaste el mate?

—¿Lo que se unta sobre las galletitas?

—No, eso es el paté.

—¿Paté no es el café con leche?

—No, eso es café late.

—Qué idioma imposible el castellano.

—Imposible y complicado al divino botón.

—¿Al divino botón?

—Es una expresión que aprendí el otro día. Significa al cohete, al pedo.

—¡Qué al divino botón habiendo tantas!

—Jeje.

—¿Qué es lo que decías que te parecía complicado al divino botón del castellano, además de la multiplicación vana, fútil, baladí de expresiones que significan lo mismo que se puede decir sin usarlas?

—Que haya que hablarlo con la boca. No entiendo eso de andar abriendo y cerrando la boca cuando una tiene nariz, que está siempre abierta. Pero vos no me dijiste si probaste o no el mate.

—No, en realidad trajimos a este cara de tiza para que nos enseñe a prepararlo. Viste que si no dominás el mate quedás en jaque, más nosotras siendo damas.

—Es verdad. Con el asado pasa lo mismo. Si no sabés encender el fuego con una ramita sos maricón.

—Es que los argentinos son muy cuidadosos con las cosas importantes. Pensá que son los europeos de Latinoamérica, tienen que dar el ejemplo.

—Callate que así me trajeron engañada a mí. Es la París del Cono Sur, me dijeron.

—A otros les dijeron la París de África y ahora atienden un minimercado en Ouagadougou.

—¿Y eso es mejor o peor?

—Es más difícil de pronunciar, por lo pronto.

—Lo más gracioso es que yo tengo una amiga que se quería ir a París y la convencieron de que no lo hiciera diciéndole que era la Buenos Aires de África.

—La Ouagadougou de Europa querrás decir.

—Es lo mismo.

—Todo es lo mismo allende la Gran Muralla.

—¡Ay, cómo extraño Pekín!

—¡Ay, cómo extraño Shanghai!

—¡Viva Mao!

—¡Viva el Partido!

—¡Mueran los japoneses!

—¡Muera el Dalai Lama!

—¡Aguante Defe!

—¡?!

—¿Vos no pensás que cuando nos vayamos de acá un poco vamos a extrañar el bajo Belgrano, la calle Arribeños, el club atlético Defensores de Belgrano?

—No. Pero me quedé pensando en la calle: Arribeños. Mirá que hay que ser ladino para instalar un barrio de inmigrantes en una calle de ese nombre. Me gustaría fundar un barrio argentino en Pekín y ponerlo en la calle Contrabandeño.

—O Chantajeño.

—Sí, entre Macheño y Fasceño.

—Ojo que a los coreanos les fue peor: los pusieron en Carabobo.

—Estos caras de caca de paloma.

—Caras de semen cuajado.

—Caras de baba de perro rabioso.

—No damos puntada sin hilo, eh.

—Antes pasará un camello por el ojo de una aguja.

—Jiji.

—Jojo.

—Jujuy.

Diálogo imaginario
entre abuelo y nieto

Esto es para causar confusión.

CONFUCIO, XVIII:151

—Padre de mi padre, una duda zumba cual mosca en mi cabeza.

—Déjame atraparla con los palitos de la sabiduría, hijo de mi hijo.

—¿Por qué todos comen con cuchillo y tenedor y nosotros con palitos?

—No todos comen con cuchillo y tenedor, bisnieto de mi padre. Los indios por ejemplo comen con las manos.

—Con el mayor de los respetos, hijo de mi bisabuelo, su respuesta no me parece pertinente. Comer como los monos podemos todos, lo extraño es que elijamos artefactos distintos para civilizarnos.

—Le concedo la impertinencia, padre de mis tataranietos, y paso a responderle la pregunta: nosotros comemos con palitos porque el cuchillo y el tenedor son herramientas defectuosas. El cuchillo es más confiable, siempre y cuando sea grande y afilado como el diente del tigre, pero el tenedor no sirve. Me refiero a que no pincha.

clavar algo punzante
(en alguien o algo)

—¡Pero si yo lo he usado y sé fehacientemente que pincha, esposo de la hija de mi tatarabuela materna!

—No niego, sobrino del hermano de mi primer hijo, que en la práctica el tenedor dé la sensación de que pincha y hasta eventualmente sirva para llevarse trozos de comida a la boca, pero desde un punto estrictamente teórico es un fraude.

—¡Pero si funciona no puede ser un fraude!

—Ese es el mayor fraude de todos, creer que porque las cosas funcionan entonces se acabó el problema. En este país por ejemplo nada funciona y sin embargo todo sigue andando, nadie se explica nunca cómo. Y nadie se explica nunca cómo sencillamente porque no hay explicación racional, las cosas andan pese a que no deberían andar del mismo modo que los autos se detienen donde está prohibido hacerlo, de puro guapas nomás. — *just, apenas, solamente* (handwritten note)

—Lo que ocurre con el tenedor es entonces lo contrario a lo que ocurre con el tiempo presente, que teóricamente existe pero prácticamente no. Clásica desavenencia *discordia* (handwritten note) entre teoría y praxis. Igual no entiendo por qué dice que el tenedor no pincha. *práctica (aplicación de una teoría)* (handwritten note)

—Porque si pincharan, los chinos no pondrían restaurantes de tenedor libre. Ahí está el negocio: la gente cree que come mucho pero en realidad no come nada.

—¡Evidente, tío abuelo de los hijos del hermano que nunca tuve! Pero lo evidente no quita lo escandaloso.

—Lo sé, cuñado de la esposa del hermano que mi hijo no le quiso dar. Lo sé y por eso le pido que sea discreto como una tortuga invernando. El tenedor, y sobre todo el tenedor libre, son símbolos del globo onírico en que vive Occidente. No quisiera estar de este lado del mundo cuando se pinche.

invernal (handwritten margin note, left)

de los sueños (handwritten note at bottom)

11

Así pasaban mis calurosos días de cautiverio entre conversaciones inexistentes y el murmullo cansador de un idioma ignoto, diarios que no sabía leer y música que ya no podía escuchar más, juegos agobiantes y masajes descontracturantes o viceversa, y ante todo la creciente sensación de haber sido abandonado por el mundo occidental en una isla desierta o llena de orientales, lo mismo daba. Creí que me volvería loco hasta que ocurrió un hecho decisivo, de esos que en principio no cambian nada pero que permiten explicarse muchas cosas. Fue una mañana cuando salía del baño, justo la costurera quería entrar y nos chocamos, un percance inédito hasta entonces que suscitó mi primer diálogo con un miembro de la familia:

—Uy, perdoname.

—No fue nada.

—¿Cómo? ¿Hablás castellano?

—Obvio.

Hay que tratar de ponerse en mi lugar, había sido secuestrado por un chino e injertado en el seno de una familia china

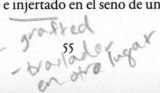

55

donde todos hablaban chino y hacían cosas de chinos, el abuelo
se la pasaba calculando con el ábaco y el nene si no andaba con
su bicicleta jugaba al badmington o hacía castillos con cartas
llenas de ideogramas de colores, su madre confeccionaba trajes
chinos de novia con dos ayudantes chinas idénticas a ella y
el matrimonio Chao Fan se pasaba el día entero cocinando,
hasta las plantas olían a arroz frito. Por eso hay que ponerse
en mi lugar y aceptarme que nunca se me hubiese ocurrido
que hablaban castellano, eran ellos en todo caso los que me
deberían haber aclarado el punto y si no lo hicieron fue por
puro cálculo, Li tampoco parecía saber castellano durante el
juicio y después resultó manejar el porteño mejor que yo,
está mal decirlo pero en viveza a estos no les ganan ni los
mismísimos criollos.

Descubrir que mi anfitriona hablaba castellano no cambió
casi en nada las condiciones de mi cautiverio, a lo sumo alivió
algunos aspectos menores de la vida cotidiana, por ejemplo
si faltaba papel en el baño ya no tenía que aguantarme hasta
que alguien se diera cuenta o si me ofrecían agua caliente podía rechazarla con palabras amables, es sorprendente la poca
utilidad del idioma cuando se tiene a mano todo lo necesario.
Para lo que sí me sirvió fue para entender que la falta de comunicación entre nosotros no se debía a impedimentos técnicos
sino a una estrategia deliberada, lo confirmé después de hacer
algunas preguntas y no obtener respuestas, desde entonces el
silencio sufrió para mí un cambio cualitativo radical, seguía
siendo silencio pero como en otra escala, me hacía sentir el
centro de atención de la apatía china, con el ego vapuleado
como lo tenía hasta ese dudoso privilegio me alegró.

Más me alegró el regreso de Li, tal vez por eso me quedé un poco sorprendido por la frialdad ofensiva con que lo recibieron los otros, su esposa ni se molestó en abandonar la máquina de coser. Al igual que la vez anterior Fosforito volvió a arrastrarme hacia la ducha, ya me sentía tan cómodo que estuve a punto de proponerle que nos enjabonáramos la espalda mutuamente, durante el almuerzo habló sin pausas para seis sordos, cinco que no lo querían escuchar y uno que no lo entendía, más tarde se acostó a dormir y me indicó que hiciera lo mismo pero esta vez no le hice caso, la sola idea de levantarme y que de nuevo se hubiera ido me quitaba el sueño.

Igual me terminé durmiendo, no sólo porque yo plancho fácil sino porque Li nunca se despertó, el clásico me pego una siestita pero después sigo de largo hasta el día siguiente, debe haber dormido por lo bajo veinte horas. Desayunamos solos en el restaurante, era la primera vez que yo salía del patio en casi dos semanas, embobado miraba por las ventanas como si dieran a una playa nudista. Li se encendió un cigarrillo, no con encendedor sino con fósforos que extrajo de una caja gigante Los Tres Patitos, ver la caja me recordó que también había visto al dueño de casa arreglando la bicicleta del nene con una piedra, era verdad entonces lo que Li había dicho la noche en que lo detuvieron respecto al uso que le daba a las piedras y a los fósforos; Li dio unas pitadas y en elegante castellano, tan elegante que por un momento tuve la sensación de que alguien le doblaba la voz, hasta me imaginé que el movimiento de la boca no coincidía del todo con los sonidos que salían de ella, era lógico después de ver varias películas de Hollywood dobladas al chino en la tele; Li se encendió un cigarrillo, dio unas pitadas y en elegante castellano me puso al tanto de la situación, me dijo que se había ocupado de averiguar quiénes eran los autores de los incendios, que estaba casi seguro de saberlo y que yo tenía que ayudarlo a encontrarlos.

—Si querés irte, andate —me aclaró—, pero si tenés algo dentro del pecho te quedás y me ayudás.

No sé si tenía margen para negarme, me refiero no tanto al margen efectivo de agarrar mis cosas e irme sino al margen moral, Li me dejaba libre de un modo que ya predecía reclusiones mucho más graves en el futuro, reclusiones no efectivas sino morales, vivir con la culpa de haberlo dejado a su suerte podía ser un cautiverio infinitamente peor.

—Bueno, yo me quedo y te ayudo —acepté—. Pero antes quiero que me dejes llamar a mi familia y a algunos amigos. También quiero que me digas quiénes son los autores de los incendios, por qué creés que fueron ellos, qué voy a tener que hacer yo para ayudarte a agarrarlos y cuánto vamos a tardar en resolver todo el asunto. Además quiero saber si sos o no un soldado de la mafia y si es cierto eso de que tenés una computadora en la cabeza manejada por el presidente de China. Conseguime también un cargador para mi iPod y llevame a comer un pedazo de carne, tengo las bolas llenas del arroz.

Li lanzó una risotada, me palmeó un hombro, apagó el cigarrillo y prendió otro, volvió a reírse y a palmearme el hombro. Nunca me alcanzó el teléfono, ni aclaró mis dudas, ni me ofreció aunque más no fuera un choripán en la parrilla de la estación.

12

Mira,
el mundo está siendo puesto patas para arriba.

MAO TSE TUNG, *Poemas*

Adonde sí me llevó Li fue de putas, no sé si porque me entendió mal o porque interpretó lo de la carne en forma metafórica, sea como sea las nueve de la mañana no era una hora lo que se dice inspiradora ni aun después de un largo periodo de abstinencia, me sorprendió por eso encontrar tantos clientes circulando por el departamento, o eran los últimos del día anterior o de la cintura para abajo sus cuerpos seguían respondiendo al uso horario de las antípodas. El prostíbulo quedaba a metros de la casa de la familia de Li, no más de cien incluyendo los verticales, estaba en un séptimo piso, clásico departamento de familia transformado en burdel para adúlteros, se podía escuchar a los nenes gritando detrás de las paredes. Pero tenía una particularidad que me preocupó no reconocer de inmediato, todo en él era chino, los zapatos de los clientes esperaban en fila al lado de la puerta de entrada, de hecho yo me saqué los míos sin que me lo pidieran, junto a las revistas pornográficas había una tetera con tacitas de las que bebí como si fuera Coca-Cola y la decoración, un bochinche de rojo y dorado, me pareció de lo más sobria. Sólo porque los otros hombres me miraban extrañados fue que después de un rato caí en la cuenta de que yo era el único blanco, inmediatamente me sentí como un judío en una mezquita.

—¿Zhe ge ba?

—Dui-ah.

La chica que me tocó en suerte no ayudó a revertir mi sensación de extrañeza, lo primero que hizo cuando Li me la presentó fue reírse alevosamente, parecía que nunca en su vida había visto a un hombre con ojos redondos y pelo enrulado. Si la belleza es una convención, la verdad es que la china esta no acataba ninguno de sus artículos, además de no haber sido favorecida con una dentadura ni muy pareja ni muy completa era un palo, la curva más pronunciada de su cuerpo estaba constituida por un principio de joroba al pie de la nuca, mientras ella reía a mí me daban ganas de llorar. Instintivamente empecé con lo nuestro por señas, luego recordé el error que había cometido durante mi cautiverio y le hablé en castellano, mejor hubiese sido hablarle en jeringoso a una argentina, poponepetepe enpe cuapatropo, un minuto seguido estuvo riéndose, volvimos a las señas.

Acostados y en pleno ejercicio dejé de parecerle gracioso y pasé a causarle curiosidad, me hacía cambiar de postura a cada minuto y no dejaba de estudiar mis reacciones mientras probaba diferentes fórmulas de masajeo y succión, no quisiera restarle méritos a su notable arsenal de técnicas eróticas pero me sentía auscultado por un médico. Admito que yo también un poco la ausculté, nunca hasta entonces lo había hecho con una china, la intriga igual me duró unos segundos, apenas los suficientes para comprobar que no tienen el tajo en forma horizontal. En algún momento su interés anatómico se trocó en avidez amatoria y empezó a cabalgarme con una furia alarmante, yo le hacía señas de que fuera más lento pero ella las interpretaba al revés y aceleraba, después de unos minutos de triturarme con su pelvis ocurrió lo notable, ella acabó, me lo confirmaron no tanto los alaridos vandálicos con que lo anunció sino el hecho de que se quedó dormida de inmediato. Pensé que debía exigirle no sólo que le devolviera el dinero a Fosforito sino que además me pagara a mí por los servicios prestados, en cambio me vestí y salí deprisa como si ya me esperara la próxima clienta, a esa le cobro por adelantado.

—Y ¿cómo estuvo?

—Fantástico.

Para qué herir con la verdad cuando se puede agradar con una mentira, Li me palmeó el hombro como un tío satisfecho, algo de razón tenía, en cierto sentido me había llevado a debutar.

13

La mayor parte de los habitantes de la provincia de Catay beben una especie de vino hecho con arroz fermentado y mezclado con especias y drogas. Este brebaje es tan bueno de tomar y tiene tan excelente sabor que es mejor que cualquier otro vino.

Marco Polo, ii: xxix

Del prostíbulo nos fuimos a un karaoke, también a cien metros de la casa de Li pero para el otro lado y para abajo, al pasar por el restaurante salía su esposa con su hijo, el nene lo saludó con cariño y tristeza, ella ni lo miró, la situación me puso tan incómodo que me agarró un ataque de estornudos. Ayudó el olor a frito y a incienso, se ve que era domingo o en todo caso día de feria porque las veredas se empezaban a llenar de puestos de comida y venta de chucherías, por la calle no circulaban autos. El karaoke quedaba en una especie de sótano, era un lugar caluroso y lúgubre, más si se accedía a él desde la calle fresca y luminosa, el humo de cigarrillo se hacía notar incluso en los rincones sin luz. La decena de chinos que escuchaban al del escenario se dieron vuelta para clavarme sus ojos borrachos y pendencieros, Li logró que me perdonaran ser blanco diciéndoles vaya uno a saber qué, no hay peligro es un maldito occidental pero está de nuestro lado, no lo miren mucho porque es muy enamoradizo y después se van a tener que hacer cargo.

Nos sentamos junto a otros dos en una mesa, en un gesto no sé si de bienvenida o de desprecio nuestros anfitriones nos pasaron sus vasos y se pidieron nuevos, Li empinó la botella hasta llenarlos, tampoco de eso era la hora más deseable pero igual tomé sin asco, vino de arroz se llama, notable que se pueda hacer una bebida tan rica con un alimento tan insípido. En la mesa contigua descubrí a un hombre con una cara que me pareció conocida, hice un esfuerzo de memoria y recordé que era el mismo que había dejado la habitación de mi china antes de que entrara yo, no me asustó tanto encontrarlo ahí como darme cuenta de que distinguía tan bien a un chino de otro chino que podía decir con seguridad que dos eran el mismo.

—¡Ganbei! —Alzó su vaso mi compañero de la derecha.

—Ga... Salud.

—¿Vo amigo Li?

—Digamos que sí.

—Li buena onda —me aclaró el chino como si hubiese notado mis dudas.

—Li está tocado de la cabeza —opinó el otro.

—Qué sabel vo, ponja flacasado.

—Callate, aborto de la naturaleza.

Se hizo un silencio y los contendientes levantaron la mirada, sobre el escenario estaba ahora Li, llamo escenario a una tabla apoyada sobre cajones de frutas y semioculta por un pedazo de alfombra deshilachada. Li se limpió de mocos la garganta y ceremoniosamente los escupió a un costado del escenario, ni siquiera tuvo la deferencia de alejar el micrófono para ahorrarnos la banda sonora de su asquerosidad, después dio una orden con la cabeza y el discjockey largó el nuevo tema, llamo discjockey a un chino cuyo equipo de trabajo se limitaba a una gorrita de baseball con la inscripción mal escrita, decía Draem Taem, un minicomponente igual al que tenían en la casa de Li, se ve que fue un remate de aduana, y el clásico estuche con discos ilegales, o digamos mejor caseros, tampoco es cuestión de ponerse moralistas.

Reconocí el tema desde los primeros acordes, era uno de los que había escuchado hasta el cansancio la semana anterior, la imagen de Li desentonándolo a esa hora y en ese lugar me deprimió bastante pero darme cuenta de que me había hecho tan erudito en música china que estaba en condiciones de distinguir que alguien cantaba fuera de tono me deprimió aún más, ciertas cosas es mejor ignorarlas.

—¿Y cómo llamás? —El chino de la derecha se empecinaba en darme conversación.

—Ramiro.

—Mi nomble Chen y él Lito, el pamoso Lito Ming, ¿conoce?

—Tu nombre es Che —intercedió el otro, arrastrando las consonantes—, la ene te la cortaron.

—Celá tu boca, inferiz.

—No te alteres, eunuco.

Me hicieron reír con lo que se decían, me conmovía además que se preocuparan por decírselo en un idioma que yo entendiera, pensé en esos grupos de música que cantan en inglés para conquistar el mercado internacional y al final lo único que logran es perder hasta el de su propio país. Formaban una clásica pareja despareja, Chen era rechoncho y tenía la estatura justa como para que los pies se apoyaran en el suelo y el cráneo asomara por encima de la mesa, Lito en cambio era alto y tenía la piel adherida a los huesos como papel mojado, los dos parecían hechos de la misma masa pero una ya estirada y la otra todavía hecha un bollo. Clásica era también la oposición entre las caras, el flaco cadavérico parecía venir de o dirigirse a un entierro mientras que el gordito con pinta de muñeco de torta dimanaba una alegría y un optimismo absurdos para el lugar, como de padre primerizo que aún no sabe que su esposa espera trillizos.

Li terminó un tema y arrancó con otro, sorprendentemente la gente ni se iba ni le tiraba cosas ni caía dormida sobre sus mesas, lo escuchaban con suma atención, me pregunté qué le quedaría al cantante original si de pronto irrumpiera en la sala y me contesté que tal vez no hubiera cantante original, el primero que grabó el tema también estaba karaokeando, desde el inicio que todo es un cover de un cover de un cover, en materia de canciones y de objetos electrónicos y de todo, de ahí que los chinos no parezcan tener remordimientos por dedicarse casi exclusivamente al plagio y la imitación. Mis anfitriones pidieron otra botella de vino de arroz, gradación alcohólica 23 %, entre ese néctar que me quemaba en la garganta y la música que me laceraba los oídos tuve un momento epifánico, me vi escapando por la puerta, fue tan viva la imagen que me asusté y preferí quedarme sentado donde estaba.

—¿Vos sos el que va a ayudar a Li? —me habló ahora Lito, que no tenía ni acento.

—Digamos que sí.

—Fuelon judíos —informó Chen, al que costaba entenderle.

—Eso es lo que dice Li, yo digo que fue él.

—Venganza judía —movió los brazos Chen, de pronto excitado—, Amijai un rado, Multicorol otlo, pinza, chau.

—Che, Chen, te recuerdo que vos con lo que te hicieron ya calificás de medio judío.

—Sirencio, desglaciado.

Siguieron insultándose pero ahora en chino, o quizá en chino se dijeran cosas lindas, debería haber un idioma para cada tipo de diálogo o para cada estado de ánimo, en vez de palabras malas y palabras buenas en cada idioma tendríamos palabras neutras que dichas en brasilero hablarían de la alegría y el amor y dichas en alemán, del odio y la guerra.

—¿Y ustedes de dónde lo conocen a Li? —pregunté esta vez yo para que dejaran de discutir.

—Contale, tullido maltrecho.

—Contare vo, Hiroshima, luina viviente.

Historia de Lito Ming
según Chen

Lito Ming era el primer actor chino de Argentina, al menos así se lo apodó en el programa de televisión que lo había lanzado a la fama, Cha Cha Cha se llamaba el programa, a Chen le resultaba sorprendente que yo nunca hubiese oído ninguno de los dos nombres. Pese al título honorífico y pese aun a las apariencias, Lito Ming no era chino sino japonés, lo que Chen no sabía si hablaba mal de los japoneses o bien de los chinos, en todo caso no ayudaba a combatir la confusión generalizada entre orientales de distintas latitudes. Había nacido en Osaka, en un año que variaba según se viera enfrentado a un joven musculoso o al servicio militar obligatorio, Lito arguyó que porque en Japón los años se computan de forma diferente pero Chen me aseguró que por coqueteo y cobardía, respectivamente. A los diez años había emigrado junto a su familia, se suponía que a Perú pero luego resultó que los dejaron en Argentina, por no admitir que lo habían engañado su padre murió convencido de que Buenos Aires era Lima y que el Río de la Plata se abría hacia el océano Pacífico.

Lito Ming, que en realidad se llamaba Nokusho Yakamaki y había sido ingresado al país como Carlos Saúl Nochi, fue inscripto en primer grado con once años, pasó a segundo recién a los catorce y llegó a quinto con diecinueve, el sexto nunca lo hizo. Chen no sabía por qué Lito insistía de todos modos en decir que había terminado la secundaria a la edad normal de dieciocho, tal vez —intentaba explicárselo— porque en Japón no sólo el cómputo de los años es diferente sino también el sistema de notas, amén de la estructura escolar y las penas por falsificación de currículum.

—Yo nunca tuve que presentar un currículum para conseguir un puesto.

—Vo nunca conseguite pueto de nada.

De pequeño, Lito empezó a trabajar en la tintorería de su padre, prosiguió Chen, de más grande pasó a la tintorería de un primo y ya mayor a la de un conocido del primo, y así habría seguido su sórdida carrera circular por las ligas inferiores de la tintorerística argentina si el azar no lo hubiese puesto en contacto con una banda de música llamada precisamente Los Tintoreros, Chen se mostró sorprendido de que en este caso el nombre sí me dijera algo y de que hubiese creído que se trataba de un grupo chino, lo primero hablaba muy mal de mis gustos musicales y lo segundo de mi sensibilidad social, al último chino que había intentado abrir una tintorería en Buenos Aires le había ido como al primer japonés que intentó abrir un minimercado.

El paso de Lito Ming de la tintorería al rock y del rock a la televisión se había dado muy rápidamente por una serie fortuita de confusiones afortunadas o bien una serie afortunada de confusiones fortuitas, eso Chen lo dejaba a mi criterio, parece ser que el cantante de la banda vivía arriba de la tintorería donde trabajaba Lito y cierta vez en que un periodista fue a entrevistarlo Lito, cuyo dominio del castellano era poco por no decir nulo, se puso involuntariamente en el lugar del bajista y dio una entrevista hilarante que hizo historia, ya debía saber yo que los rockeros lo mismo que los políticos cuantas más incoherencias dicen tanto más son adorados por las masas. Por un sinuoso camino con el que Chen no me quería aburrir de momento la entrevista llegó a manos del actor Alfredo Casero y este lo convocó a Lito para que participara de su programa Cha Cha Cha, Chen se sorprendió de que a Casero yo lo conociera sólo como cantante, él lo conocía nada más que de la televisión.

—Es las dos cosas —terció Lito—, actor y cantante. Pero ante todo es el gordo más querible y menos tratable que conocí en mi vida.

Un año había durado el sueño televisivo de Lito y en ese año la pantalla le había dado todo, el nombre artístico y la imposibilidad de desarrollarse como artista, el dinero y la pasión por los estupefacientes caros, las mujeres fáciles y los gustos sexuales aberrantes, la fama y la humillación. Pero así como le dio todo, agregó compungido Chen, la televisión también se había encargado de quitarle todo, primero la tristeza por nunca haber aparecido en una pantalla y luego las ganas de vivir por haberlo hecho, primero la angustia por repetir todos los días el mismo trabajo y luego el gusto por una bohemia aún más rutinaria, primero la congoja por estar condenado al anonimato más perfecto y luego la alegría por la absolución sólo presunta que implica hacerse conocido bajo un nombre falso que será olvidado por muchas más personas de las que recordarán el verdadero.

Desde entonces que Lito era una ruina viviente, un infeliz fracasado que apenas si sobrevivía componiendo mangas truchos, alternativos según Lito, mangas eran las historietas japonesas, a Chen mi falta de cultura general no dejaba de maravillarlo. Su otra changa, a la que generosamente lo había encaminado Chen, era actuar de cliente autóctono en los restaurantes del barrio chino, zona en la que había buscado refugio luego de ser descastado de su familia y aun de su estirpe. Con Li se había conocido en este mismo karaoke pero en los tiempos de gloria del local, cuando tenían proyector y en la pantalla gigante aparecía el video del tema con las letras de las canciones coloreándose a medida que llegaba el momento de entonarlas, yo ni podía imaginarme qué diferente que se veía todo en aquel momento. Y con él, con Chen, se habían conocido años atrás en el estudio del abogado que llevaba adelante la causa Nochi contra el Estado argentino, enseguida Lito me explicaría qué era eso, ¿un vinito más?

Historia de Chen
según Lito Ming

Si él, Lito, no era, como había dicho Chen, a pesar de las apariencias, un chino, Chen, que sí era chino, no era, en cambio, también a pesar de las apariencias, las de su ropa al menos, un hombre. Había nacido, como Li y como casi todos los chinos oportunistas que venían invadiendo Argentina desde hacía una década, cincuenta mil era la cifra oficial pero Lito barruntaba que eso no cubría ni un cuarto de la cifra real, había nacido en la provincia de Fujian, que era como si me dijera Jujuy o el Chaco, una de las más pobres de China. Víctimas de esa pobreza extrema y de una ignorancia aún mayor, o tal vez para plasmar su sueño de tener una niña, en todo caso inducidos por la pasión que al niño Chen despertaba el canto, según la leyenda cantaba hasta dormido y al parecer con notable afinación, sus padres decidieron allanarle el camino del éxito musical en un género menos extinguido de lo que se cree, el de los castrati.

En efecto, agregó apenado Lito tras una pausa de honda conmiseración, a Chen le habían rebanado los testículos, con tan mal arte que en el entusiasmo los médicos, que por supuesto no eran tales sino meros curanderos y aun eso estaba en duda, se llevaron también su miembro. El episodio no sería del todo trágico si gracias a esta objetable incursión en su masculinidad Chen hubiera trepado a la cumbre del canto y salvado a su familia de la miseria, pero la triste realidad era que puntualmente a los quince años la voz le cambió como a cualquier hombre con las bolas bien puestas y Chen ya no servía más que para tenor, y uno bien mediocre al parecer.

—¿Y eso quién dice?

—Yo dice.

Según averiguó Chen muchos años más tarde, ya en el medioevo no era infrecuente que el experimento fracasara, razón por la que se lo terminó prohibiendo incluso en el Vaticano, su primer y principal promotor. El tabú, como era de esperar y como su mismo caso lo atestiguaba, nunca se respetó, y sólo sirvió para que los traficantes de castrati, al igual que los de cocaína, pudieran mantener altos los precios y a sus productores relegados a la marginalidad.

La misma gente que prometió a la familia de Chen comercializar a su hijo en el mundo del canto se ocupó tras el fracaso de reubicarlo en el no menos redituable de los eunucos encargados de cuidar harenes, otra de las profesiones que Lito hasta conocer a Chen y yo seguramente hasta ese momento creíamos extinguidas pero que seguían siendo tan necesarias y solicitadas como en los tiempos de las Mil y una noches. Así fue como Chen fue trasladado al barrio de Dafen en Shenzhen, enfrente de Hong Kong, sitio célebre por reunir la mayor cantidad de copistas del mundo, cerca de diez mil según los cómputos oficiales aunque Lito sostenía que la cifra real seguramente los duplicaba. Todos en Dafen se dedicaban a hacer copias en óleo de pintores famosos, todos naturalmente menos los que habían tenido la idea, entre ellos Huang Jiang, uno de los hombres más ricos del río Amarillo para abajo.

A las órdenes de este señor Jiang es que Chen entró a trabajar con diecisiete años, su tarea estribaba en cuidar a sus mantenidas del acoso de sus guardaespaldas, de quienes terminaría adquiriendo el gusto, para usar sus propias palabras, por el sexo aberrante. Puesto que el físico no le daba para amedrentarlos, Chen había optado por seducirlos, a cambio de que no tocaran a las mujeres les permitía tocarlo a él, al principio con ostentoso escepticismo pero luego con verdadera pasión los guardaespaldas aceptaron la oferta y se olvidaron de las concubinas, quienes encendidas en odio acusaron a Chen de proezas físicamente inadmisibles y lo hicieron echar. En este punto Chen objetó que la historia había sido distinta, no de él hacia los guardaespaldas sino de los guardaespaldas hacia él es que había discurrido la seducción, por llamarla de algún modo civilizado, y no las concubinas sino su propia audacia había sido lo que le había permitido escapar de las garras del señor Jiang, cuyos gustos sexuales no se distinguían en mucho de los de quienes le cuidaban las espaldas, dicho esto en el sentido más amplio. Pero lo mismo daba, agregó Chen, si Lito encontraba placer en tergiversar la historia que la tergiversara nomás, Chen no sería el verdugo que le quitara uno de los pocos esparcimientos que aún le iban quedando a su desgraciada vida.

—Prefiero una vida desgraciada a un cuerpo mutilado.

—Pala vida no hay plótesis.

Sea como sea, retomó la palabra Lito, Chen había escapado hacia Argentina a fines de los años noventa y desde entonces que se desempeñaba con envidiable éxito dentro del codiciado rubro de repositor en el minimercado de unos parientes, si se lo veía tan bien nutrido no era sin embargo gracias a la fortuna que ganaba poniendo en fila latas de arvejas sino a una changa que, pese a lo que dijera Chen, había sido idea de Lito, y que consistía en ocupar a cambio de comida la primera mesa de los restaurantes de la zona, qué mejor publicidad para un establecimiento chino que tener a un autóctono sentado a la entrada.

La salvación, y ahora Lito hablaba de los dos, no estaba sin embargo en las cenas gratis, ni en los minimercados, ni en los mangas alternativos, sino en el juicio del que me había hablado Chen, quien también había sido ingresado al país con el apellido Nochi, es decir chino al revés como seguramente yo ya me había dado cuenta, para colmo con los nombres Juan Domingo. Un abogado había descubierto la chanza y reunido a todos los Nochi, unos veinte en total sin relación alguna de parentesco sanguíneo, ahora estaban en juicio contra el Estado argentino por discriminación, daños morales y no sabía él cuántas otras cosas, las figuras penales son infinitas como las del Tangram.

16

Cuando salimos del tugurio el mercado estaba en su apogeo, pese al calor la gente se apiñaba en los negocios y hacía cola frente a los puestitos de comida, el tufo a fritanga se mezclaba con el de los dulces y los inciensos, un par de músicos callejeros se disputaban el espacio acústico a una distancia estratégica como para no molestarse pero tampoco dejarse del todo en paz. Me sorprendió ver casi la misma cantidad de occidentales que de chinos, de este lado del mostrador pero también del otro, del lado de los vendedores se los podía distinguir sin mirarlos a la cara, mientras que los chinos andaban de jeans los blancos estaban vestidos con trajes típicos de Oriente, parecían soldados con sus uniformes verde selva a los que no les habían avisado que iban a la nieve.

Los chinos del público paseaban con el pucho colgado de los labios y las manos en los bolsillos, los pies ligeramente abiertos y el abdomen un poco para afuera, algunos miraban pasear a los otros acuclillados en el cordón de la vereda y escupiendo a intervalos regulares, descansar en cuclillas donde todos escupen es ideal porque uno nunca toca el piso más que con la suela de los zapatos. Entre los hombres cundía el pantalón de verano color beige y la chomba lisa, algunos combinaban bermudas deportivas con mocasines desproporcionadamente largos para el alto de sus cuerpos, los anteojos negros nunca pegados a los ojos sino un poco más adelante, como si fueran de lectura, no quedan mal. Las mujeres iban mucho más coloridas, tal vez demasiado, no sólo en el aspecto indumentario sino también en el facial, deben patinarse una caja entera de cosméticos por salida, aunque eran todas chiquitas no vi una sola de tacos, parecían competir por quién llevaba la cartera más chica. Eso entre la gente un poco mayor, los adolescentes en cambio eran como cualquier adolescente, pelo teñido y en esmerado desorden, ropa cuidadosamente elegida para que resultara casual y el celular en la mano, las orejas obstruidas aunque no vi a ninguno con los auriculares blancos del iPod, gracias al cielo todavía quedan elementos que marcan diferencias entre nosotros y el resto. Más allá de los adolescentes y los cuarentones destacaban las parejas jóvenes y los padres primerizos, ellas con el jean ajustado pero sin nada con que rellenarlo por detrás y ellos con cinturones de hebillas doradas, también estaban los clásicos solteros relojeando a chinitas que podrían haber sido sus hijas y los pobres diablos, solitarios y mal vestidos, los ojos famélicos de compañía y amor. Entendí por qué había tan pocos viejos en la calle cuando pasamos frente a un club, Asociación taiwanesa decía un cartel, por la puerta entre-abierta se veía a las señoras bailando de la mano y a los hombres sentados a la mesa frente a fichas raras, en el fondo se jugaba al ping-pong.

Desde el karaoke hasta el puestito de fritanga al que nos quería llevar Li no había más que una cuadra pero tardamos casi media hora en llegar, el problema no era la cantidad de gente sino la cantidad de gente conocida, cuando no le tocaba a Li era el turno de Lito y si no de Chen, siempre alguien reconocía o era reconocido por otro y había que pararse a hacer las salutaciones del caso, lo más llamativo era ver cómo variaban las formalidades de acuerdo al grado de parentesco, hacia el final yo ya había aprendido cómo se decía hola y chau en chino y también cómo está la familia, bien gracias y la tuya, ahí andamos, tirando. Durante el lento trayecto nos cruzamos con un paseador de perros, llevaba cuatro chuchos enanos, asumo que pekineses, les hablaba en chino, yo creía que los chinos no paseaban perros sino que se los comían; también nos quedamos hablando con un repartidor de diarios que se acariciaba la pelusa sobre los labios como si fueran tupidos bigotes de motoquero, el maleducado les dio diarios a todos menos a mí, ofendido le arranqué uno de la mano, después no sabía qué hacer con él, estaba todo en chino; casi llegando me presentaron a un gordo feo como un sapo con mucha cara de no perdonarle la vida a quien lo describiera como un gordo feo como un sapo, bajó de una camioneta de vidrios negros y lo primero que hizo fue un gesto con las manos, quería fuego para su cigarrillo, no lo entendí de inmediato porque en vez de hacer el gesto del encendedor hizo el del fósforo raspando la cajita, con semejante auto y no tenía encima ni uno de esos encendedores chinos que venden por la calle de a cinco por un peso.

Comimos unas patas de pato almibaradas con jugo de soja en un local que se llamaba Comida China, es el que está justo al lado de la parrilla, lo más chino con lo más argentino, el nombre me hizo gracia de tan serio que era y pregunté si en chino se llamaba igual, Chen me dijo que no y que lo mismo corría para todos los locales del barrio, los traducían con la misma libertad con que se traducen los títulos de las películas, por ejemplo Dragón porteño era la traducción de Recuerdo de mi aldea natal, Jardín Oriental se llamaba en chino La vida sin ti y el lugar donde estábamos, Comida China, respondía a algo así como El sueño de madre hecho realidad con mucho amor por sus hijos Tsui y Tse-Pin, el único restaurante con nombre genuino era al parecer el mío, Todos Contentos, con la diferencia de que la expresión tenía en chino no un tono pueril sino marcadamente erótico. Más tarde Lito, que había escuchado las explicaciones de Chen sin interceder, me explicaría que en China los restaurantes no tienen nombre, se llaman invariablemente Lugar para llenarse la panza, y lo mismo pasaba con los del barrio chino, los nombres en castellano los había puesto algún inspector municipal.

—También hay que tener cuidado con las servilletas, los vasos, todo. Yo no compraría nada que tuviera caracteres chinos. Ni mucho menos hacer como los giles que se dejan tatuar kanjis en la piel. Te ponen cualquier cosa, a veces hasta sin querer.

Volviendo sobre nuestros pasos nos detuvimos en otro lugar para comer unas bolas de pescado frito con salsa agridulce y en un tercero, casi enfrente del karaoke y ya de postre, unos bocaditos rellenos de lo que un cartel pintado a mano anunciaba como pasta de aduki, todo esto financiado por Li que parecía en campaña electoral por el puesto de tío generoso. Volviendo otra vez hacia el lado de Comida China probamos un segundo postre, otra vez un buñuelo pero relleno de algo más dulce, y nos metimos luego en una galería repleta de locales repletos de chinos, acá sí que un blanco no tenía nada que buscar. En la entrada había una biblioteca de mangas, del piso al techo todo lleno de cuadernos de historietas, la atendía un chino de anteojos cuadrados y una china de pelo canoso, tenían una Mac de la que salía un jazz suave y acogedor, Lito los saludó y me mostró las historietas que había compuesto él, estaban todas juntas en un rincón, no parecían muy solicitadas. Con gusto me hubiera quedado un rato más en la biblioteca pero Li me arrancó para llevarme a una casa de fotos que había al fondo de la galería, me dijo que se quería hacer un retrato conmigo, para clavarle alfileres cuando nos traicionemos bromeó, después largó una carcajada tan contagiosa que me hizo reír hasta las lágrimas, nos abrazamos frente a una foto gigante de la muralla china y sonreímos, en el otro cubículo le hacían un book a una china vestida de novia, me pareció reconocer el traje en el que había estado trabajando la mujer de Li la semana anterior.

—Li —me salió decirle mientras esperábamos que la Polaroid se secara—, Li yo te agradezco todo lo que estás haciendo por mí para que me sienta bien pero en serio que me sentiría mejor si en vez de perder el tiempo y la plata conmigo te ocuparas un poco de tu esposa y de tu hijo, hace como quince días que no te ven y se nota que te extrañan.

Li se sacó el cigarrillo de la boca para sonreír con más libertad.

—Si yo tuviera una esposa y un hijo acá en Argentina hace tiempo que me hubiera fugado a China.

17

—Tiloides, eparda, mucho estlés, necesita dolmil.

El consultorio era pequeño y estaba repleto de gente, en el espejo se reflejaba la cola de los que venían a consultarse, nosotros cuatro al final. El médico que acababa de dar su diagnóstico llevaba el delantal abierto y la escasa cabellera revuelta por el ventilador de techo, a un costado del escritorio unos libros lo suficientemente usados como para desconfiar de la actualidad de su contenido y delante de él el aparato que publicitaban los carteles en la calle y con el que él prometía explicar a los pacientes, por cinco pesos y en dos minutos, todos sus problemas.

—Ay, doctor, ¿me va a decir algo bueno esta vez?

—¿Decil bueno?

—Es que siempre que vengo acá usted me dice que tengo este problema y el otro problema y el otro, pero nunca me dice que soy linda o que ya me curé.

El médico parecía esforzarse por comprender no lo que le estaban diciendo, eso estaba a todas luces fuera de la órbita de su castellano, acaso también de su sentido del humor, lo cual naturalmente hablaba muy bien de él, sino por deducir cómo debía reaccionar frente a eso que le estaban diciendo y que él nunca comprendería, si de forma más bien alegre o de forma más bien colérica, en ese sentido todas las palabras de la mujer no valieron lo que la sonrisa con que les puso fin, el médico reaccionó con una risa tan desmesurada que hacía temer por sus eventuales reacciones cuando un paciente se le quejase pero sin ironía.

—Sí, sí, bueno.

—Entonces dele nomás.

La bromista apoyó las manos sobre el aparato milagroso, la izquierda boca abajo y la otra boca arriba, el aparato estaba formado por una base blanca de la que sobresalían dos almohadoncitos grises separados por una perilla negra y una perilla roja, la primera correspondía al signo de menos y la segunda al signo de más, clásica economía rusa de recursos, no me sorprendería descubrirla en alguna película futurista de los años cincuenta.

—Siente pinchazo cosquilla dolol avisal.

El chino levantó una especie de lápiz con punta de hierro que estaba adosado a la máquina por un cable rojo y se lo aplicó en distintos puntos de la mano derecha, un cartel pegado en una pared ilustraba a qué parte del cuerpo correspondía cada uno de esos puntos, la base del dedo anular eran los pulmones, la base de la mano los huevos, en el medio coincidían el intestino y el corazón, curiosamente ninguno correspondía a la mano misma.

—Tiloides, útelo, homblo, mucho estlés —diagnosticó una vez terminado el chequeo—. Necesita dolmil.

Pasaron cuatro personas más antes de que me tocara a mí y en todos los casos el proceso era el mismo, los pacientes reaccionaban a dos o tres pinchazos, el médico elegía dos o tres partes damnificadas, una de ellas era siempre la tiloides, diagnosticaba mucho estlés y los mandaba a dolmil. Debo haber sido el único que notó esta sospechosa regularidad porque todos se tomaban las palabras del médico en serio y afirmaban compungidos que, en efecto, les faltaba descanso, agradecían efusivamente y se retiraban contentos y renovados como después de la siesta que podrían haber estado durmiendo en ese mismo momento, gratis.

Mi escepticismo no podía ser mayor cuando me tocó el turno de sentarme frente a la máquina, apoyar las manos sobre los chichones electrificados y oír el ya clásico siente pinchazo cosquilla dolol avisal, pero para mi sorpresa la rutina cambió, menos dos o tres puntos insensibles sentí pinchazo cosquilla dolol en todos los rincones de la mano. El doctor al principio me miraba con curiosidad, después con lástima y al final ya con desprecio, cortó el análisis por la mitad y me dijo que tenía todos los órganos averiados, tiloides liñón pulmones plóstata espalda cintula, si no escuché mal hasta me señaló problemas de útelo, el diagnóstico y la cura eran sin embargo las mismas:

—Mucho estlés necesita dolmil.

Debo confesar que estar tan mal de salud incluso para un médico o digamos un hombre de guardapolvo blanco que no me despertaba ninguna confianza igual impactó negativamente en mi autoestima, a nadie le gusta que le digan feo aun cuando el insulto provenga de un monstruo, mucho menos delante de tanta gente. Pensé para consolarme que tal vez a todos les dolieran todos los puntos de la mano sólo que no lo decían, la gente le miente hasta a su psicoanalista y quién sabe si no con razón, bien mirado hacerles creer a los otros que uno está sano es una forma no muy ortodoxa pero a veces efectiva de ir curándose.

Por efecto de la noticia o por los electroshocks del lapicito, tal vez simplemente porque acababa de comer o por todo lo que había chupado, ni bien me levanté de la banqueta me invadió un sueño descomunal y quise acostarme al instante, es raro pero no extrañé la cama de mi casa sino la de mi cautiverio, se explica quizá porque estaba más cerca. Nunca dejaré de agradecerle por eso a Li que una vez acabadas las revisaciones nos pagase una sesión de masajes, a Lito y a mí porque Chen había desaparecido, supongo que fueron masajes porque pasamos a un consultorio con camillas y vi a unas chinas untándose las manos con talco, una vez que me tiré en la camilla no me enteré de nada más, tranquilamente me podrían haber extraído un riñón para venderlo en el mercado negro, o digamos amarillo.

18

Hice el chiste un rato más tarde, estábamos a punto de entrar en un edificio de la calle paralela al mercado, la verdad es que caí muerto, dije, me podrían haber sacado un riñón para venderlo en el mercado amarillo que yo ni me enteraba, y me palpé el cuerpo como comprobando que mi sospecha no fuera cierta. A Li mi comentario no pareció hacerle ninguna gracia, miró hacia los costados como si lo dicho y el entorno fueran incompatibles, dos paralelas que no se juntan ni en el infinito, Lito me tranquilizó con el clásico gesto de ahora callate la boca, después te explico.

—Pero si...

—Shh...

El edificio parecía el de un colegio pero resultó ser un templo, ellos lo llaman monasterio, subimos una escalera y en el entrepiso nos sacamos los zapatos, los chinos se sacan los zapatos como nuestros padres se sacaban el sombrero, me pregunto si en China también será costumbre sacarse un poco el zapato izquierdo cada vez que te cruzás por la calle con un conocido, hay que estar atento a siempre tener las medias limpias. Un par de escalones más arriba se entraba al monasterio propiamente dicho, cerca de treinta personas sentadas sobre el piso oraban de cara a unos inmensos budas que pretendían ser de oro pero debían estar hechos de algún material menos noble, plástico y telgopor es mi pálpito, no sólo por una cuestión de costos sino porque la mitad de su peso en metal habría bastado para dar por tierra con toda la construcción. Colgados del techo a uno y otro lado del recinto se alineaban un tambor y una campana, ambos sobredimensionados hasta lo caricaturesco, como si hubieran sido diseñados no para uso de los feligreses sino para esparcimiento de los budas, con esas figuras elefantiásicas y las flores de loto marcadamente falsas que decoraban el altar la sala parecía un parque temático sin un solo objeto que no fuera una imitación, quizá la idea era precisamente insistir en que estábamos dentro de un templo donde todo, y no sólo Buda, era una cuestión de fe.

Li se fue hacia el medio de la sala y con Lito nos sentamos cerca de los ventanales del fondo, enseguida descubrí a Chen cerca del altar, lo acompañaban unos hombres de negro que supuse serían los monjes aunque me extrañó que no llevaran sus clásicas telas naranjas, las columnas que sostenían el techo estaban pintadas con caracteres chinos, tal vez ahí figurara la explicación. Chen parecía dirigir los cánticos, cada tanto su voz se elevaba por sobre las otras y daba inicio a un nuevo pasaje, tenía un registro bastante agudo para ser un hombre aunque no lo suficiente si se sabía lo que había sacrificado para llegar a más, de pronto caí en la cuenta de lo que me habían contado y fue como si durante la siesta no me hubiesen extirpado el riñón sino otra cosa, no sé si con eso hubiese hecho chistes.

Como si me leyera el pensamiento Lito me codeó para explicarme por qué mi broma había estado fuera de lugar, al parecer muchos de los presentes no eran budistas sino seguidores de una religión que se llamaba Falun Gong, la había inventado un chino hacía algunos años y como en muy poco tiempo había conseguido millones de adeptos el gobierno chino entró en pánico y acusándolos de conformar una secta anticomunista empezó a perseguirlos, primero los mataban pero últimamente habían adoptado la modalidad de encerrarlos en campos de concentración e ir extirpándoles uno a uno los órganos para luego venderlos por Internet, eso era al menos lo que decían ellos y con ellos Lito se refería también a Li, de ahí que mi chiste hubiera estado lo que se dice fuera de lugar.

—Hablar de lo bien que chupa la hermana habría sido más ubicado.

—¿La hermana de Li está en China o acá?

—Qué sé yo. Ni sé si tiene hermana. Fue un chiste. No tan bueno como los tuyos, pero tampoco tan difícil de entender.

Quise insistir sobre el tema porque todavía no terminaba de aceptar que lo que yo había creído que era la familia de Li en realidad no lo fuera pero de repente el servicio religioso había terminado, al menos la gente comenzó a evacuar el recinto como si alguno de los budas hubiera amenazado con soltar un gas. Caos en el entrepiso, todos buscaban ponerse los zapatos al mismo tiempo, algunos lo lograban sin manos, otros se ayudaban con una mientras bajaban a los saltitos los escalones sobre el pie ya calzado, los nenes se deslizaban por la baranda. Una vez abajo entendí tanto apuro, sobre una mesa esperaban tapers llenos de dulces, se notaba que algunos habían traído el suyo y ahora lo compartían, se notaba también que la religiosidad de los que no habían traído nada dependía en grado importante de esta costumbre.

—Los mejores dulces del mundo —me los ponderó Lito—, probalos y vas a ver que te olvidás para siempre del dulce de leche.

Decliné agradecido, no tenía hambre, tampoco ganas de olvidarme para siempre del dulce de leche, ya bastante había exigido de mi pobre estómago la semana anterior como para ahora poner en riesgo el último bastión que me quedaba de argentinidad palatal. Entre los feligreses descubrí a un par de occidentales, los únicos vestidos de naranja, eran muy parecidos o al menos eso me pareció a mí, tal vez el precio de distinguir a los chinos era empezar a confundir a los blancos. Me hubiera gustado que me explicaran cómo es que habían llegado hasta ese lugar pero temí que después me preguntaran a mí, me inquietaba además que su historia pudiera ser tan inadmisible como la mía.

Deambulando por las instalaciones mientras los otros se peleaban por los últimos dulces encontré algunos carteles en castellano, en uno estaban enlistadas las diez malas acciones, la número siete era despreciar a los que son feos, en otro cartel de color amarillo decía que para alcanzar la sabiduría y la confianza en uno mismo bastaba con repetir el mantra Namo Amitofo 108 veces al día, el número me pareció de lo más extraño pero ni por un momento dudé de que tuviera su explicación, todo en este mundo la tiene, al menos para quienes saben leer las columnas de los monasterios.

19

He aquí lo que Xibalbá deseaba para los engendrados:
que muriesen pronto en el juego de pelota.

Popol Vuh, 19

Cuando el taxi entró en la Avenida Libertador me di cuenta
de que era la primera vez que salíamos del barrio chino en
todo el día, la primera vez en dos semanas para mí, dentro del
auto hacía el mismo calor que en el monasterio pero yo igual
me sentí liberado, fue como dar vuelta la cabeza y apoyar la
mejilla sobre el lado fresco de la almohada, efímera tregua en
el insomnio. Aunque habíamos perdido a Lito y a Chen, los
únicos con que se podía conversar, igual hubiera seguido con
gusto hasta San Andrés de Giles, si es que quedaba para ese
lado, y si no también, después de tantos días de quietud nada
me hacía más feliz que la idea de moverme indefinidamente.
Para mi desilusión el viaje eterno hacia el fin del mundo duró
apenas unas cuadras, bajamos antes de llegar a la General Paz.
La calle en la que nos dejó el taxi estaba bloqueada por vallas y
policías, los que entraban en ella eran en su mayoría hombres
y llevaban el torso descubierto, parecían bañistas marchando
hacia la playa.

—¿Vamos a la cancha de River? —Quise demostrar que
sabía de fútbol.

—Defensores de Belgrano —me corrigió Li.

—Ah, claro. —No sé por qué insistía en disimular—. ¿Defensores de Belgrano no juega en la B?

—Sí.

—¿Y contra quién juega?

—Atlanta, ellos van anteúltimos y nosotros últimos.

Cerca del estadio había un micro escolar, la gente hacía cola frente a las ventanillas para sacar sus entradas, me pregunté qué pensaría un niño al ver el colectivo naranja que lo llevaba todas las mañanas a la escuela transformado los domingos en boletería de fútbol, debe ser como encontrarse con la maestra de matemáticas en un boliche, también me pregunté cuán difícil sería montarse por la fuerza y huir junto con la recaudación. Li sacó las entradas, su generosidad ya estaba empezando a ser ofensiva, me prometí no aceptar una sola invitación más de su parte pero casi rompo la promesa un minuto después, al lado de la puerta de entrada estaba la parrilla y tuve que esforzarme para no pedirle que me comprara un choripán.

Nos ubicamos sobre un lateral, el sol vespertino había quedado a nuestras espaldas y corría una brisa agradable, la hinchada rostizándose en una de las tribunas populares aumentaba la sensación de frescura en la platea, acá nadie llevaba el torso descubierto. Me sorprendió ver mujeres y niños y ancianos en cantidad considerable, la verdad es que no sabía que el fútbol de ascenso era lo que se dice un espectáculo para toda la familia, también podía ser que estuvieran pagos como Lito y Chen en la primera mesa de los restaurantes chinos, me entraron dudas sobre la veracidad de esa información y me prometí pedirles detalles pero nuestro equipo ya salía a la cancha,

Ole Ole Ole Ole Defe Defe, fue emocionante comprobar que no se había perdido la costumbre de tirar papelitos.

Era la primera vez que iba a la cancha, me extrañó ver a todos los jugadores en todo momento y no sólo al que llevaba la pelota, en la tele uno tiene la impresión de que los jugadores desaparecen cuando la pelota está en otro lado, acá en cambio siguen dentro del campo de juego aunque es cierto que se los ve perdidos, como ausentes. Seguí el partido con inesperado interés y hasta diría que con un cierto nerviosismo durante por lo menos diez minutos, luego y como era de esperar empecé paulatina e irreversiblemente a aburrirme, creo que diez minutos bastan para ver todo lo que el fútbol está capacitado para brindar como espectáculo, el fútbol y cualquier otro deporte, que no los entiendo porque nunca los practiqué es un argumento que alguna vez logró convencerme pero ya no, tampoco sé tocar ningún instrumento y nada me gusta más que escuchar música. No soy tan necio como para pensar que se trata de veintidós inútiles corriendo atrás de una pelota, entiendo el arte de lo que hacen y hasta estaría dispuesto a admitir que incluso tiene atisbos de una cierta clase de belleza, pero hay que admitir que visualmente es un espectáculo muy pobre y que sus mecanismos para crear tensión dramática son más básicos y pueriles que los de una telenovela berreta, para eso me quedo con el Tangram que con mucho menos atrapa mucho más.

A fin de combatir el tedio me interesé por quienes se interesaban en eso que para mí no tenía interés alguno, primero por los que cantaban y bailaban en las tribunas detrás de los arcos, trataba de individualizar caras en la masa, gestos, momentos de distracción y ausencia, después en los que me rodeaban en la platea, sentados y callados la mayor parte del tiempo, algunos con la radio pegada a la oreja, más concentrados en el juego que los propios jugadores. Desentonaba en este contexto un grupo de flacos apoyados contra la baranda inferior, tres de ellos pelados y uno chino, parecían haber venido a mirar no a su equipo sino al oponente, cada vez que un jugador de Atlanta se acercaba a ese lateral o el técnico se asomaba a dar explicaciones le lanzaban una lluvia de escupitajos, menos que la virulencia de sus ataques asombraba la precisión y la parsimonia con que los llevaban a cabo, unos verdaderos profesionales.

De los insultos se ocupaba la retaguardia y ahí todos eran gente de oficio, en mi vida había escuchado puteadas tan ingeniosas, mis preferidas eran las que evadían elegantemente el facilismo de las malas palabras, aprendé a atarte los cordones y vas a ver que no te caés más, agradecé que tu esposa no sabe de fútbol porque si no ya te estaría pidiendo el divorcio, cambiate el apellido que ni tus viejos ni tus hijos tienen la culpa, doná tus botines a un asilo de paralíticos y con lo que saques ponete un kiosco, fracasado. En torno al fracaso y a la ineptitud y a la vergüenza giraban la mayoría de estos agravios eufemísticos, causaba gracia que por lo general vinieran de parte de hombres ya bastante grandecitos que vaya uno a saber cómo justificaban ante sus hijos el éxito y la utilidad de una vida confinada al lado inactivo de una cancha de fútbol, probablemente los hijos ni se dieran cuenta de que los frustrados eran sus padres porque el éxito ahí era saber putear, cada insulto era festejado como un diez en la escuela, pobre del que reprobara.

Historia del padre que se negaba a festejar los goles y del hijo que se negaba a insultar

La primera vez que Fernandito fue a la cancha tenía menos de un año, a pesar de las protestas de la madre y de los abuelos su padre se lo cargó un domingo y lo llevó a la platea de Defensores de Belgrano, jugaban contra Atlanta y Fernandito lloró todo el partido, como Defensores perdió y el encuentro fue lo que se dice una lágrima su padre no registró la protesta del hijo y al otro domingo lo llevó de nuevo, así todos los domingos.

El padre de Fernandito se llamaba Armando y era un fanático del fútbol, de joven se había destacado como un gran goleador pero con un gran problema, no festejaba los goles, metía la pelota dentro del arco contrario y emprendía el regreso a su lado de la cancha como si el tiro se hubiera ido afuera, sus compañeros lo perseguían enloquecidos y se le tiraban encima gritando desaforadamente pero él como si nada, el goleador impasible le decían. Su apatía causaba incomodidad en el equipo pero si le pedían explicaciones por su extraña conducta Armando decía simplemente que festejar no le salía, así como a otros no les sale silbar o mover las orejas a mí no me sale eso de gritar gol y saltar con el puño en alto, decía, mejor eso que no hacer goles, ¿no?

—Pero los goles se hacen para gritarlos, si no los gritás es como que no te importa el juego.

—Además de que es antideportivo. No gritar el gol frente a los rivales es peor que gritárselos en la cara.

—Claro, es como decirles: fijate qué tan poca cosa sos que te gano y ni lo festejo.

El tema llegó a la comisión directiva del club y se decidió que mientras los otros entrenaban para meter goles Armando debía entrenar cómo festejarlos, a fin de acelerar el tratamiento se designó a un equipo de cuatro profesionales formado por un psiquiatra, una profesora de expresión corporal, el vocalista de Los Tintoreros y un bailarín del Colón. Después de meses de intenso trabajo Armando finalmente aprendió a festejar los goles con el inconveniente, empero, de que dejó de hacerlos. Puesto que igualmente quería demostrar todo lo que había aprendido, tomó la costumbre de festejar los goles ajenos como si fueran suyos, un día se sacó la remera y se colgó del alambrado para festejar un gol del equipo contrario, fue el fin de su carrera futbolística.

Su hijo, en cambio, nunca había querido jugar al fútbol de pequeño, él le tiraba la pelota con los pies y Fernandito la devolvía con las manos, se negaba a patearla como si temiera que eso le pudiera doler. Armando probó distintos métodos para despertar su interés, al fin y al cabo había tenido seis hijas sólo por buscar el varoncito y había buscado el varoncito sólo para tener un compañero con quien compartir su pasión, pero Fernandito no respondía a ningún estímulo, si lo ponía delante de la tele a ver un partido se quedaba dormido, si lo llevaba a jugar al parque con otros chicos se sentaba en el medio de la cancha a estudiar las hormigas, de las reglas que le explicaba durante la cena Fernandito sólo había aprendido la forma de hacerse echar lo más rápido posible cuando lo obligaban a jugar en las clases de educación física.

—La idea es que no te pongan tarjeta roja.

—Ah, no había entendido.

Llevarlo a la cancha todos los domingos era la última esperanza de sanarle lo que él llamaba su apatitis, si no tenía un hijo futbolista al menos quería que lo acompañara a ver a los hijos futbolistas de los otros hinchas, de bebé Fernandito no entendía esto y lloraba como un condenado pero a medida que se hizo grande mostró ser un buen hijo y se esforzaba por complacer a su progenitor, comía el choripán que en verdad no le gustaba, se levantaba en los momentos de peligro a pesar de que no los hubiese reconocido como tales y se abrazaba a su padre en los goles.

Lo que Fernandito no parecía dispuesto a hacer bajo ningún concepto era insultar, los chicos de su edad ya dominaban la jerga y hasta eran capaces de invectivas propias mientras que de él no se sabía ni siquiera si las entendía, en todo caso nadie le había escuchado jamás decir una mala palabra y el tema ya preocupaba a toda la tribuna.

—Vos tenés que llamar a las cosas por su nombre —lo aleccionaban en los entretiempos los otros hinchas—, al referí se le dice hijo de puta, al línea puto de mierda, al oponente puto de mierda hijo de puta.

Los que tenían más paciencia se le sentaban al lado y silabeaban, la-con-cha-de-tu-ma-dre, a ver, ahora decilo vos, había otros que intentaban introducirlo en la materia con argumentos más elevados, pensá si ese tipo sale y le toca el culo a tu novia, ¿qué le dirías?, también estaban los que se inclinaban por métodos de disuasión menos pedagógicos: el que no putea es puto, ¿sabías?

No por nada hijo de su padre, las lecciones también funcionaron para Fernandito, aunque a la escandalosamente tardía edad de siete años al fin llegó la tarde de su primer insulto, fue durante un encuentro con el club Atlanta, un oponente se retiraba de la cancha luego de lastimar a un jugador de Defensores y ser expulsado, la gente lo escupía y lo insultaba con especial encono pero en un momento se hizo un pequeño silencio y se pudo escuchar a Fernandito:

—¡Qué feo que sos!

Aunque la gente le festejó el inaudito agravio, a partir de ese día Armando se abstuvo de llevarlo a la cancha, prefería que no dijera nada a que dijera cosas propias de una mujer, para disimular la vergüenza explicaba indignado que Fernandito se le había hecho de Sacachispas, los otros lo consolaban argumentando que no era tan grave, che, peor hubiera sido que se te hiciera maricón.

La parrilla estaba estratégicamente instalada en el ángulo desde el que soplaba el viento, no me hubiera sorprendido enterarme de que el arquitecto fue sobornado por la empresa proveedora de chorizos para que construyera el estadio de tal forma que el humo de la carne asada despertase el apetito de los plateístas, en todo caso cuando llegó el entretiempo el mío era tan grande que había perdido la vergüenza.

—Papi Li, ¿me comprarías un choripán?

—Te dejo con Sergio.

Sergio era el hombre que estaba sentado al lado de Li, me había dado la impresión de que se conocían pero no había podido determinar hasta qué punto, se cambió de asiento y me saludó, manos rugosas como de obrero.

—Yo tenía una novia que vivía ahí —me soltó para señalar uno de los edificios de la Avenida Libertador que asomaban a nuestra derecha—. Piso diecinueve, cada vez que jugaba Defensores nos sentábamos en el balcón a mirarlo.

—¿Y se ve bien? —traté de mostrarme interesado.

—Maso, los corners de este lado te los perdés. ¿Vos sos de Defensores?

—No, la verdad es que yo...

—Yo tampoco, mi club es Flandria, de Jáuregui, ahí debuté como arquero. Soy Sergio García, no sé si Li te dijo.

—Sergio García...

—El arquero del juvenil que ganó en Japón en el 79, el de Menotti y Maradona.

—Ah.

—No, te digo que jugar con la camiseta argentina es una emoción muy difícil de describir. Y la sensación de haber salido campeón del mundo sólo la puedo comparar con la experiencia del nacimiento de mi primer hijo.

—Claro, debe ser...

—Inolvidable. Ese equipo quedó en la historia. Después volvimos y el Diego le fue a pedir al General Viola que nos eximiera de la colimba.

—¿Y los eximieron?

—¿Y qué te parece? Nosotros hicimos más por este país que todos los milicos juntos.

—¿Y seguiste jugando después?

—Sí, claro, estuve en la selección mayor, fui suplente del Pato Fillol en tres partidos.

—Groso.

—Sí, también jugué en Tigre, en Español, en Cipolleti, en todos lados. Incluso —bajó la voz— en Atlanta, y hasta en Jerusalén.

—Ah —bajé yo también la voz—, ¿entonces venís a ver a Atlanta?

—No, no —volvió a subir la voz—, tengo a un chino en el banco de Defensores.

—¿Un chino?

—Claro, porque yo tengo una escuela de fútbol para chinos en Jáuregui, ¿no te dijo Li?

—No, la verdad es que no me dijo nada. ¿Y cómo es eso de la escuela de fútbol para chinos?

—Ah, bueno, sentate y escuchá porque es una historia increíble.

La increíble historia de la escuela de fútbol para chinos de Jáuregui fundada por el arquero de la selección juvenil argentina campeona del mundo en 1979

El sonido del tambor desde el Pampas nos despertó.
Encontramos entonces la luz celeste y blanca cuando se
  presentaron los héroes.
Desde Fiorito a Ushuaia, el espíritu argentino siempre estará;
Desde Kempes a Maradona, plantamos nuestra bandera
  en la cima.
Correr, correr, correr sin parar.
Somos como soldados que siempre lucharemos por la victoria.

Himno del fans club del fútbol argentino de China

Aunque pocos se acordaran de él en nuestro país, me dijo
Sergio García, lo cual no era de extrañar dado que la memoria
del hincha argentino era particularmente ingrata, sin ir más
lejos en su paso por Atlanta él había atajado dos penales clave
y eso no obstante para los recientes festejos del centenario el
club ni le había enviado una participación, se dice que el de
arquero es un puesto de poca monta pero eso no era cierto, el

arquero era el único que debía saber jugar no sólo con los pies sino también con las manos, cuántos arqueros había que hacían goles de cabeza o de tiro libre y que me fijara lo que pasaba cuando un jugador de campo entraba al arco, una tragedia era lo que pasaba; aunque pocos lo recordaran en Argentina Sergio García, dijo Sergio García, seguía siendo en Japón y en China, en todos los países orientales quizá, un referente.

—Pensá que jugué con Maradona y que eso para los chinos es como para un argentino un chino que peleó con Bruce Lee.

—¿Pero Bruce Lee no era yanqui?

—Bueno, yo tampoco soy argentino, nací en Uruguay.

Valiéndose de su fama en Oriente, tal vez demasiado longeva según nuestros parámetros pero completamente normal según los de ellos, qué representaban al fin y al cabo un par de décadas para una cultura que ya llevaba milenios sobre la tierra, Confucio había vivido antes de Cristo y todavía era leído y respetado, los chinos sabían que así como lo bueno resiste al paso del tiempo también un arquero de categoría lo sigue siendo aun retirado, aparte de que él se había retirado del fútbol profesional pero seguía practicándolo de forma amateur, de hecho era mejor ahora que antes porque ser un buen arquero era una cuestión de experiencia y madurez; valiéndose de su fama en Oriente, donde el fútbol argentino también era pasión de multitudes, al parecer hasta había un club de fans de la selección con himno propio y todo, millones de chinos seguían en vivo los partidos del campeonato local todos los lunes a la madrugada, allá sabían la formación de los equipos mejor que los hinchas de acá; valiéndose de su fama en Oriente él, Sergio García, me dijo Sergio García, había fundado una empresa que se encargaba de traer jóvenes chinos a Argentina para enseñarles a jugar al fútbol.

—¿Y por qué no vas vos para allá en vez de traerlos a ellos hasta acá?

—Porque no es lo mismo.

—No, claro.

La escuela quedaba en Jáuregui, Provincia de Buenos Aires, los chinos asistían a ella por dos años y además de fútbol les enseñaban castellano, yo debía tener en cuenta que en el fútbol lo más difícil de transmitir era la filosofía del juego, para la parte técnica bastaba con mostrar y que los otros copiaran pero cuando se trataba de explicar los porqués, los cómo, los cuándo, en fin, cuando había que transmitir la esencia, el alma del fútbol, todo se complicaba un poco si el de enfrente no entendía el idioma. De cualquier modo el problema de fondo no era ese sino la educación que se traían de China, analizó García, al parecer allá no regía el libre pensamiento y por eso los chicos estaban incapacitados para tomar decisiones propias, de hecho si venían era porque el gobierno había decretado que fueran jugadores de fútbol, tal vez ellos ni querían.

—Porque se juega como se vive. El que es atorrante afuera de la cancha va a ser atorrante dentro de la cancha, el que tiene miedo afuera también lo va a tener adentro. Esto no es póker, no es truco, acá no podés mentir, vos agarrás la pelota y ya se ve si sos mandado o vueltero o calentón.

—Como eso que dicen de los caballos, que ni bien te subís el bicho ya sabe si sos un buen jinete o no.

—Ni bien apoyás el pie en el estribo.

—Ni bien lo mirás de lejos.

—Bueno, tampoco la exageración.

La escuelita andaba bien, prosiguió García con su increíble historia, andaba bien y podría haber andado mucho mejor si no fuera por la burocracia argentina, al parecer los de inmigraciones le hacían problemas para dejar entrar a los chinos y así perdía clientela, este año sin ir más lejos de los 40 alumnos que había conseguido en China sólo habían podido ingresar 12 al país, el gobernador anterior había facilitado las cosas porque era hincha de Banfield y él había jugado en Banfield pero con el gobernador actual no había caso, él nunca había atajado para Racing.

—Lo que pasa es que en este país cuando querés ir para adelante te cortan la piernas.

—Y ni te cuento cuando no jugaste ni en Banfield.

Igualmente el negocio marchaba bien, buscó llevar tranquilidad a los mercados García, no sólo en lo económico sino también en lo futbolístico, varios chinos ya habían vuelto a su país y entrado en clubes de allá, por lo menos cuatro habían sido fichados en el Flandria de Jáuregui y por primera vez ese año uno de sus jugadores, Wang Rixin, de muy buen dominio de la pelota parada al parecer, había sido contratado nada menos que por Defensores de Belgrano, ¿qué le contaba yo?

—Notable.

—Hay gente que dice que lo contrataron porque como a Defensores le dicen El Dragón, entonces se les ocurrió que tenían que tener a algún chino, pero ya vas a ver cuando salga a la cancha, este pibe la rompe.

—¿Y hoy va a salir?

—Eso no lo puedo saber, pero yo por las dudas vengo a todos los partidos. Como sé que sale y la rompe, quiero ayudarlo después con las declaraciones para los medios, pasa que el castellano él mucho no lo domina.

—Bueno, los jugadores argentinos por lo general tampoco.

—¿Eh?

—Nada, una boludez.

—¿Pero entonces qué te parece?

—¿Qué cosa?

—La historia.

—Ah, no, increíble.

—Te lo dije.

García miraba la cancha con ojos melancólicos, parecía estar rememorando sus épocas gloriosas de jugador, nadie debe sentir más remota su juventud que un deportista retirado, imaginando lo que él debía haber dejado dentro de ese rectángulo verde hasta a mí me venían ganas de llorar.

Como si intuyeran mis dudas respecto a su trabajo publicita-
rio más tarde fuimos con Lito y Chen a Todos Contentos, Li
tampoco había ido nunca con ellos a comer y a Chao la idea
de que se mostraran junto con un blanco le gustó, cuestión
entonces que nos acomodamos bien tempranito en la primera
mesa y todos contentos. El desafío era extender al máximo la
cena comiendo sólo lo necesario, se trataba de hacer propa-
ganda lo más barata posible, la mesa estaba llena de fuentes
apetitosas pero en nuestros platos cundía el arroz. Nos salvó
de esta opulenta miseria la inesperada aparición del actor y
cantante Alfredo Casero, venía junto con otras personas y se
sentaron a nuestra mesa, era la primera vez que Lito se reen-
contraba con su antiguo jefe y hubo festejos y hasta rodaron
lágrimas, Casero sintió tanta culpa por el destino del primer
actor chino de Argentina que enseguida dijo que él pagaba
todo, si contabilizamos la cantidad de platos que terminó
comiendo la verdad es que no era para menos.

Casero era un hombre de barriga imponente y brazos
cortos, llevaba una camisa florida y el pelo artificialmente

enrulado, los penetrantes ojos azules le conferían un tinte diabólico a sus facciones de bebé. Hasta que llegó su comida habló sin parar de sí mismo, como era un personaje público asumía que los presentes conocíamos cada detalle de su vida y a modo de prenda de amistad se dedicó a desmentir los falsos trascendidos sobre su persona ofreciéndonos a cambio y en exclusiva la historia verdadera que los medios habían ocultado, afortunadamente la gracia gestual de su narración neutralizaba un poco tanta pedantería. De lo que recuerdo, que no es mucho porque sus anécdotas parecían estar hechas para el olvido instantáneo, también hablaba bien de él que no se reía de sus propios chistes, de lo que recuerdo que contó esa noche lo más delirante fue sin duda su viaje a Japón, asumiendo que todos sabíamos que había viajado a Japón a dar un concierto nos reveló que en realidad nunca había ido, mi viaje a Japón es tan falso como el viaje del hombre a la Luna, dijo, todos los videos que se vieron por ahí los produje en mi casa de Puerto Madryn, los japoneses que aparecen son pingüinos retocados por computadora.

—Estamos esperando el momento justo para dar a conocer el fraude —nos inició en su secreto—. Vamos a decir que todo fue una maniobra de los servicios secretos de Burma para despistar a los grupos insurgentes que amenazan con tomar el poder en Suazilandia.

—¿Y qué tiene que ver Japón con todo eso?

—Japón tiene que ver con todo, el poder de Estados Unidos es sólo una pantalla, Estados Unidos es Cámpora, Japón es Perón.

Las personas que lo acompañaban eran una rubiecita que comía chicle con la boca abierta y una pareja de treintañeros, también ellos gente famosa al parecer, él se llamaba Ariel y era director de cine, ella se llamaba Ailí y era actriz, la primera actriz china de Argentina como se la presentó Casero a Lito insinuando que hacían buena pareja, Ariel casi le clava los palitos en los ojos. Más celoso debería haber estado de Li, la miraba todo el tiempo y cada tanto le hacía algún comentario, no parecían muy amorosas sus palabras pero con el chino nunca se sabe, como tiene el sistema de los tonos es difícil distinguir cuándo se están declarando el amor y cuándo la guerra, me imagino lo que le debe costar a ellos entender cuándo un grito en castellano es de enojo o de felicidad.

Tal vez a causa de este velado acoso la pareja decidió irse antes del postre y con ellos partieron Casero y su rubia tarada, al despedirse de mí Casero me dijo que lo llamara para recordarle que me consiguiera algunos videos de sus antiguos programas de televisión, le agradecí como si se los hubiese pedido y me dijo que no tenía nada que agradecer, era lo mínimo que podía hacer por sus fans. Poco después terminamos nosotros también con nuestras labores de promoción y enfilamos hacia el departamento que compartían Lito y Chen a unos metros de ahí, de camino nos metimos en un videoclub y me hicieron elegir un par de películas mientras hablaban con la que atendía, me quejé de que las etiquetas estaban todas en chino y ni siquiera venían con ilustraciones pero me aseguraron que daba lo mismo que estuvieran en castellano y con explicación del argumento.

—Son todas iguales.

—Y todas ya las vimos varias veces.

—Y además pideocasetela etal lota.

La pideocasetela no estaba rota sino que tenía polvo en el cabezal, la desarmé y la limpié en unos minutos, Lito me lo agradeció como si hubiese reparado un barco segundos antes del naufragio y me preguntó si me daba maña con las computadoras, le contesté que a eso me dedicaba y me dijo que tenía una propuesta para hacerme, no en ese momento sino al día siguiente, si quería me podía quedar a dormir en lo de ellos. Chen había traído una especie de flauta de madera y una cajita de la que extrajo una piedra negra, lo primero era una pipa y lo segundo opio, cuando estuvo todo preparado pusieron la película, traté de acuclillarme como ellos frente al televisor pero no pude, fumé un poco pero no me hizo nada. La película era de artes marciales, el único que le prestaba atención era yo, la habría visto hasta el final si en un momento Li no me hubiese arrastrado a la cocina para preguntarme si había entendido, pensando que se refería a la película contesté que no.

—Bueno, sentate que te voy a explicar.

Las lecciones de Li
1: El enigmático Dr. Woo

Si yo creía que todo lo que habíamos hecho ese domingo había sido a título de mera diversión, y a juzgar por mi cara Li creía acertar que así era, y así era, estaba muy equivocado, me dijo Li encendiendo un cigarrillo. Nada o casi nada de lo acontecido a lo largo de ese día había respondido a fines recreativos, ni la visita al prostíbulo a la mañana, ni al karaoke ni al médico ni al monasterio después, ni siquiera la excursión a la cancha o la película que todavía giraba en la videocasetera, cada una de las estaciones de nuestro derrotero dominical tenía su razón de ser y esta no era entretenerme sino instruirme, o mejor dicho estimular en mí el pensamiento deductivo que me permitiese llegar por mis propios medios a las conclusiones que él buscaba transmitirme.

—¿Me explico?

—La verdad es que no.

Que tomáramos, me propuso entonces Li tomando asiento, el caso del médico consultado al mediodía, el Dr. Yoo Tae Woo, hijo. Como su nombre lo indicaba, el Dr. Woo era hijo del célebre Dr. Woo, descubridor unas décadas atrás de la manupuntura, es decir la acupuntura pero reducida a la mano. Contaba el Dr. Woo, contó Li, que una noche de otoño se había despertado con un fuerte dolor en la parte posterior de la cabeza acompañado de otro fuerte dolor en la parte posterior del dedo medio, que sin querer se había apretado el dedo con la punta de un bolígrafo y experimentado de inmediato una merma en el dolor de cabeza. Alertado de esta curiosa manera acerca de las propiedades curativas de la mano, el Dr. Woo se había pasado largos años estudiando las correspondencias entre ese miembro y todos los otros del cuerpo hasta sumar un total de 344 puntos de conexión.

—Todos no —lo interrumpí sagaz—, por lo que vi falta el punto que corresponde a la mano misma.

—El punto de los ojos está en la punta del dedo medio —informó Li crípticamente—, ¿no te dolió?

—No me acuerdo.

—Tampoco te acordarás entonces si te dolió un poco más arriba, donde está el punto que corresponde a la memoria.

Contrariamente a lo que yo había creído ver o falsamente recordaba no haber visto, la mano tenía como todo el resto del cuerpo su correlación en la mano misma, en el extremo superior del dedo anular por si me interesaba saberlo, y debía interesarme porque en ello radicaba una parte, no ajena al todo, del problema. Para que me quedara más claro, me echó Li una mirada inteligente acompañada de una sonrisa perspicaz, las volutas de humo escapando a todo momento de sus orificios faciales, para que me quedara más claro debía saber que así como el Dr. Woo había desarrollado los principios de la manupuntura mientras practicaba la acupuntura, así su hijo practicaba la manupuntura mientras investigaba la dedopuntura, según la cual todas las partes del cuerpo estarían representadas en la punta del dedo donde está representada la mano.

—Pero a ese ritmo pronto nos vamos a estar clavando agujas microscópicas en la punta del dedo de la mano representada en la punta del dedo de la mano.

—De eso precisamente se trata, de evitarlo.

Con el Dr. Woo y más aún con su hijo, ambos coreanos me aclaraba Li de paso y yo debía tener en cuenta que el dato no era menor, con los Woo la acupuntura parecía haber tomado el camino de la desaparición, y cuando Li decía acupuntura estaba diciendo la máxima expresión de la medicina tradicional china, que era a su vez una manera de referirse a la cultura más antigua y venerable de la tierra, que era como decir la civilización en su conjunto y la razón de ser del universo todo.

—¿No será mucho decir?

—Para nada, te diría que incluso me quedo corto.

Pero más interesante que discutir si la desaparición de la acupuntura acarrearía tarde o temprano la del sistema planetario en su totalidad era preguntarse por qué se había elegido Sudamérica para perpetrar ese crimen aberrante, por qué Argentina, por qué su capital y de su capital por qué el corazón del barrio chino. El Dr. Woo decía que se había exiliado en este país luego de enterarse de que el objeto que había puesto a su padre en el camino de la manupuntura, vale decir la birome, era un invento argentino. Según él, había sido la supersticiosa esperanza de que algún otro invento argentino lo ayudara en su natural ambición por superar al padre lo que lo había lanzado hacia el sur, y de hecho ocurrió que a poco de instalarse en Buenos Aires el Dr. Woo se pinchó la punta del dedo tratando de ponerle la escarapela a su hijo y el pinchazo hizo que desapareciera un dolor que tenía en el codo, con lo que quedaron comprobadas las propiedades metonímicas del dedo.

—¿No te suena a cuento chino?

—Y, si vos lo decís...

La razón, pues, debía ser otra, insinuó Li, y apagó el cigarrillo.

Las lecciones de Li
II: Los secretos del otro Li

De las ochenta y cuatro mil formas de cultivar el camino de Buda, cambió abruptamente de tema Li con la soltura de un profesor cuando ve que la clase se le duerme, Falun Gong era la más joven, apenas quince años habían pasado desde que fuera introducida por Li, no él sino otro Li, Li era un apellido bastante común en China y una palabra por demás rica en significados, si se lo recordaba en otra ocasión no tendría problemas en explicármelos, al fin y al cabo yo estaba ahí para aprender. La práctica del Falun Gong constaba de cinco ejercicios y se regía por la filosofía del Falun Dafa, basada en los principios de la verdad, la benevolencia y la tolerancia, su objetivo era guiar a las personas por el camino de la paz interior y la salud corporal y su símbolo era el wan, o sea la esvástica, aunque en Occidente tendieran a ocultarlo a fin de evitar malentendidos.

—¿Por eso los prohibieron?

—En China la esvástica es un símbolo antiguo y benévolo, prohibirlo sería como prohibir el arroz o el uso de los ojos rasgados.

—Ah, perdón, no sabía.

—Como dice Confucio, sos un hombre afortunado: cada vez que cometes un error alguien te lo hace notar.

—¿Me estás sobrando?

—La esvástica es una perfecta muestra de lo que pasa cuando los occidentales importan elementos orientales. Fijate que les dimos la esvástica y qué nos devolvieron, el nazismo. Y así con todo: les dimos la pólvora y nos devolvieron la guerra, les dimos el papel y nos devolvieron la deforestación del Amazonas, les dimos la pintura fosforescente y nos devolvieron el graffiti, les dimos los billetes y nos devolvieron las crisis financieras, les dimos el paraguas y nos devolvieron la lluvia ácida, les dimos los naipes y nos devolvieron la escoba del quince, les dimos la seda y nos devolvieron la arpillera, les dimos la tinta y nos devolvieron las mujeres teñidas, les dimos la porcelana y nos devolvieron el plástico, les dimos la brújula y nos devolvieron un mundo sin rumbo.

—¿Todo eso inventaron los chinos?

—Y mucho más. Pero volviendo a tu primera pregunta, la respuesta es sí, los prohibieron por la esvástica.

Claro que no era esa la razón que había esgrimido el gobierno de China, continuó dando cátedra Li, según ellos el problema era que cientos de personas habían muerto por creer en los poderes sanadores del Falun Gong, en lugar de ir al médico se quedaban en sus casas haciendo los ejercicios y así es como perdían sus carcasas de carne, para usar las palabras de su líder espiritual. Porque este maestro qigong, qigong era una rama de la medicina china basada en el control de la respiración y a través de ella del chi, el chi era la energía vital que gobernaba el yin y el yang, el yin y el yang eran las fuerzas opuestas y complementarias en que se basaban los kua del I Ching, los kua eran los hexagramas y el I Ching era el libro más antiguo de la humanidad.

—¿Más antiguo que la Biblia?

—Sólo por un par de miles de años.

El maestro qigong Li Hongzhi propulsor del Falun Gong y el Falun Dafa, prosiguió Li y yo advertí preocupado que su discurso se iba llenando cada vez más de términos no occidentales, el maestro sostenía que su sistema no sólo fomentaba la salud sino que también sanaba en caso de enfermedad, él mismo contaba al parecer con poderes curativos y de otras clases, se decía que levitaba y que le bastaba pensar que nadie lo veía para efectivamente diluirse en el aire, también se creía que con su pensamiento podía controlar los cuerpos de otras personas y trasladar el propio en el espacio, décadas de meditación le habían revelado por lo demás la verdad del universo, su origen y su porvenir.

—Pero ese tipo se cree Dios.

—No más que cualquier otro neoyorquino.

Porque era desde Nueva York, ciudad elegida para su exilio, que Li comandaba hoy a sus adeptos, decenas de millones de personas de todas las edades y de todos los países para quienes la prohibición respondía a razones estrictamente políticas: la popularidad ganada en pocos años por su sistema, al que no pocos preferían referirse con el nombre de secta y negaban cualquier ascendencia budista, era inversamente proporcional a la que venía perdiendo desde hacía décadas el gobierno de su país, el mismo que no conforme con negarles su libertad de credo ahora los perseguía, encerraba y torturaba hasta matarlos.

—¿Pero es verdad eso de que les extirpan los órganos?
—Sí y no.
—No entiendo.
—¿Un té?
—¿No tendrás algo más fresco?

Las lecciones de Li
III: La verdad sobre las películas de artes marciales

Cuando uno ve películas norteamericanas, puso a calentar agua Li, cree que lo ahí retratado corresponde exclusivamente al ámbito fantástico de la cinematografía, pero cuando visita Estados Unidos, aunque Li no había estado tenía parientes que sí, entiende que en su mayoría se limitan a describir la vida cotidiana. Lo mismo ocurría con las películas argentinas, fue disponiendo las hebras de té dentro de las tacitas, de haberlas visto antes de instalarse en el país Li las habría tenido a todas por fantásticas, una sociedad tan sórdida y deprimente como la descripta en ellas le habría parecido sencillamente inconcebible, pero ahora que conocía Buenos Aires, su gente y su clima, podía asegurarles a sus parientes de Estados Unidos que en todo caso pecaban de alegres comparadas con la realidad.

—¿Te deprime Buenos Aires?

—Ya no, eso es lo más deprimente.

En el fondo todas las películas son realistas, sirvió el agua Li antes de que hirviese, usan a veces un lenguaje ligeramente figurado pero no más que el de un médico o un hincha de fútbol, basta con tener alguna noción del tema para interpretarlo sin dificultades, incluso para coincidir en que ningún otro cumpliría tan acabadamente con su función. Según Li, la diferencia entre las películas realistas y las películas basadas en hechos reales era apenas una cuestión de alcance, mientras que las primeras hablaban de cualquiera de nosotros en las otras se contaba la historia de uno solo, el éxito de estas últimas no se debía a su realismo sino al deleite que experimenta el espectador cuando sabe que todo eso le pasó a otro y no a él.

—Tengo entendido que es al revés, que las películas basadas en hechos reales gustan porque lo que cuentan puede repetirse.

—El que piensa así es el mismo que hace una marca en el barco para indicar el sitio donde la espada se le cayó al río.

—No entiendo.

—Es un proverbio chino. La idea es que no hay repeticiones en el mundo, sólo fluir y mutación.

En el caso de las películas chinas, y con películas chinas se refería Li a las películas de artes marciales, cualquier otro género cinematográfico no era para él chino, ni siquiera oriental, en el caso de las películas de artes marciales ocurría exactamente lo mismo: vistas desde fuera su violencia podía parecer hiperbólica, lo mismo que la inclinación por cantar en las películas de la India o la inclinación por gritar en las españolas, pero nadie que conociera China dejaría de alabar su mesurado naturalismo, incluso su sobriedad. Los chinos somos un poco sanguinarios, Li cortó un pedazo de sandía con un cuchillo y dientes de hielo se clavaron en mi espalda, podemos ser muy pacíficos pero también muy sanguinarios, yin y yang, ser sanguinarios es nuestra manera de comunicarnos cuando estamos enojados, censurarla sería lo mismo que impedirle a un italiano furioso revolear los brazos o a un inglés fuera de sí apretar los labios y retirarse ofendido.

—¡Pero en esta película se cortan la cabeza los unos a los otros!

—Y en las yanquis se acribillan a tiros, explicame la diferencia. Y lo mismo con el resto. Allá a las nenas les arreglan los matrimonios a los diez años, acá a los nenes de diez los venden a un club de fútbol de Europa. Allá a las mujeres les vendan los pies, acá las arrastran a la anorexia.

Todo era una cuestión de códigos y de gustos, sentenció Li y me pasó un pedazo de sandía que rechacé, prefería seguir picando mis saladitos con gusto a calamar, eran mi vicio, eso y el jugo de Lichi, en cambio Lito y Chen le daban a los jugos Tang, preferentemente de pomelo o durazno, me explicaron que la dinastía Tang había sido la época de oro de China, igual nada me hubiera convencido de tomar esa bazofia; todo era una cuestión de gustos, sentenció Li, los chinos se entusiasman viendo sangre y los yanquis oyendo tiros, los chinos admiran a quienes pelean con armas simples o directamente con las manos mientras que los yanquis prefieren las armas sofisticadas y las guerras por computadora, los chinos para amedrentar te extraen un órgano y los yanquis te implantan un chip.

—Entonces es verdad que les extraen los órganos.

—No importa si es verdad o no, lo que importa es que ustedes los laowai nunca entenderían lo que eso significa dentro de nuestra cultura.

—Arrancarle los órganos a alguien es algo feo de acá a la China, Li. Te parecés a esos que dicen que los aborígenes generan anticuerpos especiales cuando la verdad es que cualquiera que tome agua podrida o lo pique una tarántula se muere.

—En absoluto. Probá de poner a un indígena del Amazonas a atender el teléfono en una oficina, al tercer llamado simultáneo se te muere de un infarto por falta de los anticuerpos que ya generaron las secretarias.

Mientras que los occidentales descubrían la energía atómica y la usaban para fabricar bombas, acabó Li su segunda taza de té y se prendió un cigarrillo, mientras que los occidentales terminaban dándole a cualquier cosa un uso militar, desde los aviones y los rayos infrarrojos hasta la pimienta y la mostaza, los chinos habían destinado la pólvora a los fuegos de artificio y no usaban las artes marciales para dañar al prójimo sino para mantenerse en forma y meditar. Con esto me quería decir Li que los chinos no eran esencialmente belicistas y que, si bien la decapitación de una persona o la extracción de sus órganos vitales podían ser vistos como actos barbáricos de este lado del mundo, en sí mismos no comportaban, vistos desde el otro, mayor violencia o sadismo que mostrarles a los pobres por la televisión las cosas que nunca van a poder comprar. Hacer la denuncia en Occidente, como hacía el otro Li, de que en Oriente les quitaban los órganos a sus seguidores era en el fondo lo mismo que si él, Li, hiciese en China la denuncia de que acá lo habían condenado a prisión perpetua, pues eso que en Occidente estaba visto como un signo de benevolencia en China era considerado peor que la pena de muerte, sea esta por decapitación o poco a poco, órgano a órgano.

—Pero a vos no te condenaron a prisión perpetua.

—No, es cierto, sólo me dieron cuatro años en Devoto. Justo cuatro. ¿Estuviste alguna vez en Devoto? Deberías, es una muestra bastante convincente de lo que puede ser la eternidad.

27

Como si la mención de la cárcel le recordara algo, Li miró su reloj y dijo que tenía que irse.

—Pensá en todo esto que te comenté y en lo otro también. Pensá en el oficio más viejo del mundo, fijate los límites, averiguá qué defiende Defensores. No tenemos mucho tiempo. Acá te dejo un mapa de los incendios que puede ayudarte.

Con el mapa me alcanzó también un cable blanco, tardé en reconocer que era el que necesitaba para recargar mi iPod, lo hubiera besado de la emoción pero ya se había ido. En la sala encontré a Lito y Chen noqueados por el opio, no sé si dormían o soñaban despiertos, en la ventana se vieron fuegos artificiales, había olvidado que era el 31 de diciembre, recordarlo tampoco me conmovió demasiado. Miré la película hasta que ya no quedó nadie vivo en la pantalla y caí muerto yo también.

A la mañana siguiente me despertaron las siluetas de los opiómanos en el balcón, ver esas apacibles sombras chinas detrás de las cortinas ensayando una complicada coreografía como de Kung Fu me hizo sentir que toda la noche había cruzado China huyendo de unos samuráis sanguinarios y que al fin había hallado asilo en un pacífico monasterio de las montañas, luego Chen se equivocó en un movimiento y rozó a Lito, este respondió con un empujón y aquel con una patada, de un momento para el otro estaban a las piñas y yo supe que estaba en Argentina.

Después del desayuno Chen se fue y Lito me reveló cuál era la propuesta que me había adelantado la noche anterior, pegada al barrio chino estaba la sede central de Hewlett Packard Argentina y él tenía un plan maestro para asaltarla, sólo le estaba faltando alguien que se diese maña con las computadoras para hackear el circuito cerrado de video, si yo me animaba el cinco por ciento del botín era .mío. Le dije que hackear un sistema de seguridad no era fácil y me ofreció el siete por ciento, le dije que no se lo decía por eso y me ofreció el nueve, le dije que yo no estaba en condiciones más allá de lo que me ofreciera y saltó a quince, le dije que no insistiera porque estábamos negociando por un botín que jamás podríamos obtener y palmeándome la espalda me dijo que estaba bien, entendía, veinte y cerrábamos.

—¿Y cuánto pensás sacar del robo? —pregunté por preguntar, viendo que cualquier resistencia sería en vano.

—Mucho, en guita y en cartuchos de tinta. Pero también justicia: nosotros inventamos la imprenta y ahora estos hacen fortunas con las impresoras sin pagar derechos. ¿Decís que podés empezar hoy mismo?

—Dejame buscar mi iPod primero, sin música no me concentro.

No sé cómo pudo convencerlo una excusa tan banal pero cinco minutos más tarde yo estaba en lo de mis antiguos guardianes, en el patio el abuelo hacía cuentas con su ábaco y el nene jugaba con su raqueta de badmington y había olor a comida, quiero decir que nada había cambiado en lo más mínimo y sin embargo yo sentí que todo era distinto, no acerté a explicarme por qué hasta que apareció ella, la falsa esposa de Li. Tampoco ella había cambiado, seguía delgada y alta, siempre descalza y enfundada en una especie de kimono blanco, el pelo recogido en la nuca y la cara sin pintar, sólo que a estos atributos se les había sumado el de ser una mujer. Por alguna extraña lealtad, una más de las que había desarrollado hacia mi secuestrador, a esta altura ya se me hacía evidente que incluso el llamado síndrome de Estocolmo me estaba quedando chico y que mi caso correspondía a una patología mucho más aguda, más que síndrome de Estocolmo esto ya era el colmo de cualquier síndrome, por esa extraña lealtad que le profesaba a Li yo me había negado la semana anterior a ver a su esposa como a una mujer, ahora que la sabía libre de ese lazo caí en la cuenta de que no sólo era una mujer sino que me calentaba.

—¿Te va? —me dijo no sé si con alegría o con tristeza cuando me vio recogiendo mi iPod y mi ropa.

—¿Preferís que me quede? —me salió galantear.

Ella me miró fijo, no hubiera sabido decir si denotando júbilo o indignación, la verdad es que no estaba en condiciones de decir nada de una cara china, gracias con que había podido reconocer que era bonita.

—¿Sabe cómo llamo yo? —me sorprendió ahora ella a mí.

—La verdad es que no —tartamudeé.

—¿No parece ti entonce que un poco apurando?

—No sé cómo te llamás pero sé que roncás de noche.

—¿Roncar?

—Despacito, es como si cantaras.

—Tú habla dormido.

—Mentira.

—Tiene novia, llama Vanina.

Sonreí. Había creído que me estaba mintiendo tanto como yo al decirle que roncaba pero la prueba que traía a colación era demasiado contundente.

—Ex novia, hace meses que no la veo. Se fue con mi mejor amigo.

—Mí también.

—¿Te pasó lo mismo?

—Pero ya teníamo hijo.

—Jodido. ¿Por eso te viniste a Argentina?

—Por eso fui de China.

—¿Y por qué te viniste a Argentina?

—Porque no fui México.

—¿Te querías ir a México?

—Me quiero ir México.

—Ah, ¿y por qué?

—Lo maya.

—¿Los mayas?

—Losss mayasss, sí.

—Mirate vos. ¿Y hace cuánto que estás acá?

—Tre año.

—Hablás muy bien el castellano para tan poco tiempo.

—Mi madre cubana, ella enseñó mí.

—Ya te notaba yo un acento raro.

—Acento raro tú.

—¿Y cómo te llamás a todo esto?

128

—Yintai, pero puede decirme Lucía.

—Prefiero decirte Yintai.

—¿Entonce te va o te queda, chico?

—Me voy, pero sólo un rato, después vuelvo y salimos a pasear, ¿dale?

28

En un bosque de la China
la chinita se perdió
y como yo andaba perdido
nos encontramos los dos.

El topo Gigio

La conversación con Yintai me dejó completamente perturba-
do, para que Lito no me arruinara este delicioso principio de
enamoramiento lo mandé a conseguirme una computadora
más potente que la que tenía, esperé a que el iPod se recargara
y me senté en el balcón a escuchar música, de paso tomaba un
poco de sol. El barrio estaba irreconocible de tan tranquilo,
los carteles rojos y dorados con sus dragones y sus serpientes
contrastaban con la imagen de las veredas vacías y sucias, parecían borrachos trasnochados que la mañana sorprende entre
oficinistas de maletín y nenes que van a la escuela, anacrónicos
y grotescos como las caras de los políticos en los carteles de
publicidad un día después de la elección.

Sobre la vereda de enfrente, una cuadra hacia mi izquierda y casi enfrente del restaurante Hua Xia, había un edificio
protegido por pilotes de cemento, que es como describir una
iglesia diciendo que es un edificio con un campanario y una
cruz, antes de los atentados nada distinguía a las sinagogas en
el caos arquitectónico de la ciudad, eran como el monasterio

budista al que me había llevado Li. Además de los clásicos pilotes de cemento estaba el clásico vigilante, aunque en este caso no era tan clásico porque llevaba barba y fumaba en pipa, el contraste entre el uniforme de policía raso y la pipa de profesor universitario era tan impactante como el de los carteles esplendorosos y las calles deslucidas, menos traumático hubiera sido ver a un marine fumando un Cohiba cubano o a un gato haciendo pis con la pierna levantada. Hablaba con alguien de la sinagoga, un urso de pelo corto y kipá, flacucho y con la pipa entre los dientes el policía parecía a su lado un psicoanalista disfrazado, en todo caso no había duda de quién cuidaría a quién si de pronto ocurría una desgracia.

Después de conversar un rato vaya uno a saber sobre qué, tal vez el urso tuviera problemas de erección y el Pipa trataba de ayudarlo remitiéndolo a la relación con su madre, la del urso, o tal vez el urso andaba con ganas de comprarse una pipa y el policía le estuviera explicando las diferencias que había entre las distintas maderas o insinuándole que el deseo de una pipa acaso no fuera ajeno a sus problemas de erección, la verdad es que me gusta imaginarme las conversaciones de la gente, mi madre cuenta que de chiquito yo podía pasarme horas haciendo hablar a mis Playmobil entre sí, para cada cumpleaños mis abuelos me regalaban además de ropa un diálogo de Platón, no me hice filósofo pero creo que programar es de alguna manera como producir un diálogo imaginario dentro de la máquina, como hacerla jugar al ajedrez contra sí misma, como hacer que se masturbe, aunque ya no sé a qué viene todo esto señor psicoanalista, quiero decir señor policía, yo no tengo problemas de erección, tal vez lo que tengo es miedo de tenerlo, por ejemplo esta tarde con Yintai, qué traicionero que es el inconsciente.

Después de conversar un rato el urso señaló hacia el lado de la estación y con ese rumbo se alejó el Pipa, una cuadra hacia mi derecha un camión enorme obstruía el tráfico y aunque lo lógico hubiese sido que el Pipa lo invitara amablemente a moverse lo que hizo fue desviar a los autos que tocaban la bocina con justa razón, entretanto el chofer y sus ayudantes transportaban hacia dentro del negocio ubicado en la esquina cajas y cajas supongo que de fuegos artificiales, eso al menos es lo que a todas luces se vendía en Multicolor. En algún momento salió el que parecía ser el dueño y se puso a hablar con el policía, también llevaba kipá, me llamó la atención que un judío tuviera un negocio en el barrio chino y para colmo de fuegos artificiales, un chino que se pusiera un restaurante de comida kosher en el Once no me habría hecho más ruido, ciertamente se trataba de una mañana llena de extraños contrastes.

Me quedé dormido pensando en Yintai pero soñé con Vanina, el inconsciente no es traicionero sino directamente nuestro peor enemigo, pega donde más duele y ni con la indiferencia logramos matarlo. El calor apretaba ya cuando para mi no muy grata sorpresa me despertó Lito y me mostró orgulloso una Mac Pro Quad Xeon, le había pedido esa computadora específica porque estaba seguro de que jamás la conseguiría en Buenos Aires pero lo cierto es que ahí estaba, no se me ocurrían muchas formas de adquirirla por medios legales así que no quise ni saber de dónde la había sacado, igual debo confesar que hizo su efecto, un bicho hermoso, hubiese robado un banco por quedármela.

Con la computadora y un plano viejo del edificio Lito creía que yo podía entrar en el sistema y anularlo como quien corta la luz para arreglar un cable, le di a entender que su fantasía provenía de ver demasiadas películas yanquis y que lo mismo daba que basado en las chinas yo le pidiera a él que matara a cinco personas de una sola patada voladora o les arrancara las vísceras con las uñas, insistió en que ahora que teníamos una computadora de última generación no podía ser tan difícil hackear un sistema de seguridad obsoleto y no me quedó más opción que hacer como que me ponía manos a la obra.

Trabajando caí en la cuenta de que eso era lo único que realmente extrañaba de mi casa, estar sentado delante de una computadora, pegarles a las teclas como a un piano, sentir el cosquilleo de la pantalla en los ojos, nada más que por eso hubiera considerado la posibilidad de escaparme del barrio y ahora que lo tenía supe que mi emancipación era total, aunque por medios poco ortodoxos yo al fin había logrado dejar para siempre la casa de mi madre. Me entretuve navegando por páginas sobre cosas chinas, buscaba algo con que sorprender a Yintai más tarde, cada vez que Lito se acercaba cambiaba a sitios de programación y le explicaba las dificultades, paulatinamente fue perdiendo las esperanzas hasta que al fin logré quebrarlo.

—Ya veo cómo va a terminar todo esto —se tiró desahuciado en uno de los sillones—. En un manga sobre un tipo que asalta Hewlett Packard, se llena de guita y es feliz, así va a terminar todo esto. Desde que dejé la televisión que todas mis ideas acaban de la misma manera, fracasan en la realidad y después se convierten en un libro de historietas, un libro que nadie quiere publicar y si alguien publica nadie quiere leer y si alguien lee, no le gusta.

Me partió el corazón con lo que dijo, ya que no podía ayudarlo con el asalto pensé que al menos podía probar con los mangas, hacía algunos años había diseñado juegos electrónicos y conocía los programas para hacerlo y cómo conseguirlos, le propuse que mientras me encargaba de bajarlos de Internet él se pusiera a pensar en un buen guión.

—No se me ocurre nada.

—Tiene que ser un manga argento, donde se coma dulce de leche con palitos. Un manga de argenchinos, podría llamarse. A los dibujos me los imagino como una mezcla retrofuturista de Patoruzú y Mazinger Zeta.

—Me deprimí.

Para consolarse o deprimirse bien a fondo Lito puso uno de los videos que se alineaban en su biblioteca al lado de mangas y figuritas de plástico, en la tele apareció él mismo diez años más joven actuando junto al gordo Casero, hacía de chino tonto que se quería casar con una judía fea, el programa era divertido pero ver cómo a Lito le corrían las lágrimas al mirarlo la verdad es que no. Lo dejé llorando por los tiempos pasados y me hundí en mi monitor, atardecía cuando volví a emerger de mi viaje al apasionante mundo del manga, ya me consideraba un auténtico otaku del ukiyo-e y naturalmente del hentai, en la sala encontré a Lito nuevamente noqueado por el opio de modo que sin pedir permiso me bañé, me puse lo mejor que encontré en su armario y salí en busca de mi costurera oriental.

29

Contra todas las expectativas Yintai me esperaba vestida y maquillada, era la primera vez que la veía en pollera y con el pelo suelto, le caía perfectamente recto y negro casi hasta la cintura, la cara blanca y los labios rojos le daban un aire irresistible de geisha. Recién cuando la vi tan producida caí en la cuenta de que no había planeado adónde llevarla, los únicos lugares que se me ocurrían para ir con una mujer como esa eran el telo más cercano y de ahí directamente a la primera iglesia, por suerte ella tomó la iniciativa y alegando que no se quería alejar demasiado del barrio propuso que fuéramos a las Barrancas. Cruzar las vías a su lado y recorrer los pocos metros que nos separaban del parque fue una experiencia única, mientras esperábamos a que pasara el tren y después a que el semáforo se pusiera en rojo la gente alternaba sus miradas alevosamente, primero la miraban a ella con deseo y a mí con sorpresa y luego volvían a ella con incredulidad y pena y a mí con envidia y odio, clásica ley del embudo deben haber pensado, y algo de razón la verdad es que tenían.

Caminamos hasta un banco cerca de la glorieta sin cruzar palabra y seguimos en silencio después de ocuparlo, a nuestro alrededor había pibes saltando sobre los canteros con sus skates, linyeras que dormitaban bajo los árboles, paseadores de perros jugando a las cartas, parejas que se peleaban o se besaban, palomas, gatos. Vanina había sido mi primera novia y desde que corté con ella no había estado con ninguna otra mujer, quiero decir que la última vez que me había visto en una situación parecida yo no tenía más de quince años y por lo tanto era natural que no supiera qué decir, me paralizaba además tener a mi lado a una mujer divorciada y con un hijo, una mujer con más pasado en su haber que el futuro hipotético que yo pudiera augurarme junto a ella.

—En China nunca mujer primera hablar —dijo por fin Yintai.

—Ah, pensé que era al revés y por respeto estaba esperando.

Le sonreí y me devolvió la sonrisa, no es que sea tímido sino que me cuesta empezar, pensé en besarla inmediatamente pero ella bajó la cabeza para buscar algo en su cartera.

—¿Te dio calor? —le dije cuando empezó a abanicarse.

—¿Qué cosa? —me miró de reojo por encima del abanico.

—Que yo haya pensado en besarte.

Por una fracción de segundo dejó de abanicarse, cuando reanudó el movimiento algo de la brisa artificial empezó a llegarme también a mí, fantaseé con que en ese gesto sutil se cifraba su aprobación de mi galantería, su aprobación o su rechazo.

—¿Y cómo pensar tú eso?

—¿En besarte? No sé, es como asomarse a una ventana en un piso 43 y mirar hacia abajo.

El movimiento del abanico se hizo apenas más lento, indicando que agradecía el cumplido o acaso que no lo había entendido, a falta de elocuencia en la cara y de modulaciones en su forma de hablar Yintai tenía el abanico, expresivo como la cola de un gato de él se valía a modo de código para matizar sus gestos y sus palabras, sólo me restaba aprender a descifrarlo.

—Nunca etuve piso 43 —retomó el movimiento normal.

—Yo tampoco, ahora que lo pienso. ¿Habrá alguno en Buenos Aires?

—O sea eta primera ve tú pensar besar alguien.

—A alguien, no. A vos. Las otras veces que lo pensé era como asomarse a un piso 13, un 15 como mucho.

—¿Y cuál diferencia? Dede piso 15 matarse igual.

—Pero no da tanto vértigo.

—¿El vértigo e algo bueno?

—Depende. Es como el amor. ¿El amor es bueno?

—En China cuando hombre guta mujer no habla tanto.

Me tiré hacia adelante como para besarla pero se tapó la cara con el abanico.

—En China, dije.

Se hizo un silencio. Había reducido al mínimo el ángulo de oscilación del abanico, apenas si le debía dar aire en el cuello, supuse que eso indicaba que también su corazón se había cerrado aunque nada impedía que significase exactamente lo opuesto, me tranquilizaba saber que yo no tenía nada en las manos, quizá eso la confundiera también a ella.

—Me mostraste la lona, salté del piso 43, la sacaste y me estrolé contra el suelo —busqué responsabilizarla en mi fracaso.

—¿Duele? —se desentendió gozosa.

—No, mientras haya esperanzas —cedí—. Es más, ya estoy subiendo las escaleras de nuevo.

—Tiene que probar dede piso má bajo eta vez.

Interpreté sus palabras como una invitación a que intentara besarla de inmediato una vez más pero al mismo tiempo se me ocurrió que tal vez la clave para responder adecuadamente a sus insinuaciones estaba en tomarlas como de quien venían, una persona de las antípodas, y hacer siempre lo contrario a lo que indicaba el sentido común de este lado del mundo. Me quedé quieto, pues. Ella comenzó a mover el abanico de forma cada vez más lenta. Al fin terminó bajándolo y con un movimiento rápido lo cerró. Luego me miró impaciente y yo ya no me quedé quieto.

El amor, praxis y teoría

Amor es como Tao, que
llena todos los vacíos.

TUNG RAI, REINO DE CH'AO

Al principio sólo podíamos hacer el amor al aire libre, Yintai
decía que los lugares cerrados la sofocaban y no la dejaban
gozar con plenitud, yo nunca había probado muy lejos de una
cama y menos que menos en un sitio sin techo ni paredes pero
igual acaté sus deseos incondicionalmente, creo que por ella
no me hubiera importado hacerlo en un teatro de la Avenida
Corrientes o llegado el caso en la avenida misma. Esa primera
vez nos amamos en la plaza luego de besarnos durante horas,
para Yintai lo más lindo de Buenos Aires era la gente besán-
dose en las plazas, en China al parecer estaba prohibido o no
se acostumbraba, perdían su tiempo haciendo Tai chi chuán
cuando besarse era mucho más relajante. Otros de los lugares
que probamos luego fueron los jardines delanteros de las casas
y las bajadas de garaje de los edificios, también los bosques de
Palermo, aunque no lo parezca la ciudad es bastante generosa
en locaciones no convencionales donde aparearse, basta fle-
xibilizar un poco el concepto de intimidad para que casi cada
calle tenga su rincón alojamiento.

Compelidos por las circunstancias nuestros acoplamientos debían ser de lo más discretos y Yintai me inició por eso en lo que podríamos llamar el éxtasis estático, al contrario de la china saltimbanqui que Li me había pagado el domingo por la mañana su método seguía la premisa de que el placer deriva menos del movimiento que de la quietud, ella lo llamaba wuwei, significa no acción, es algo taoísta. No es que no hubiera fricción, sólo que tenía lugar al principio y con el único fin de ir menguando luego, el in crescendo natural hacia el coito se transformaba así en una suerte de decrescendo y los cuerpos acababan unidos en un orgasmo perfectamente inmóvil. Para festejarlos Yintai no emitía gemidos o gritos sino que cantaba, muy despacio y con una dulzura que me hacía temblar acompañaba sus espasmos con lo que parecían canciones de cuna, eso fue al menos lo que imaginé la primera vez que las oí y ya no pude escucharlas sin derramarme junto a ella.

—¿Vos gemís y gritás cuando te duchás?

—¿Eh?

—Nada, una boludez.

Después del amor Yintai solía hablarme de China, con su cantito caribeño de vocales alargadas y tragándose las eses doblemente, la primera por china y la segunda por cubana, o viceversa, me contaba cómo había sido su vida allá y me describía los paisajes de su país, me explicaba cosas del budismo o del zodíaco, me iba enseñando palabras y frases, a mí sus cuentos caribeño-orientales me hipnotizaban por completo y cuando volvía a penetrar en ella lo hacía como un viajero que retorna a su hogar. Porque si bien hasta entonces yo me consideraba hombre de una sola vez, muy raramente tenía junto a Vanina un segundo orgasmo, ella gracias si alcanzaba el primero, con Yintai en cambio descubrí que mi tolerancia al placer era bastante más grande de lo sospechado. Tres y hasta cuatro veces seguidas contabilicé incrédulo que podía seguirla a las alturas, a veces sin siquiera retirarme y a pesar de que con cada nueva sesión la quietud se hacía más y más dramática, los últimos picos de éxtasis los teníamos prácticamente sin respirar. Todo esto visto siempre desde el exterior, por dentro el movimiento era poco menos que frenético, en mi caso tal vez no tanto porque era un principiante pero lo que Yintai podía hacer con sus músculos más íntimos era algo francamente asombroso, por momentos hasta me daba un poco de miedo y se lo dije.

—A veces tengo la fantasía de que me la vas a...
—Yo también tengo fantasía de que te la voy a...
—¿Y me la vas a...?
—¿A la fantasía? Jamá.

Pasaron otras cosas durante esos primeros días de enamoramiento y no de poca importancia pero mi cabeza estaba puesta en Yintai, esperaba el atardecer como un tigre enjaulado su ración diaria y durante las largas horas que nos pasábamos caminando o gozándonos el resto del mundo dejaba de existir, nuestros besos podrían haber empezado en Buenos Aires y terminado en Hong Kong que yo ni me habría dado cuenta. Hasta entonces el amor era para mí como el chino, una de esas palabras donde uno echa adentro todo lo que le resulta demasiado ajeno o demasiado íntimo como para preocuparse por descifrarlo, el límite contra el que cree chocar el intelecto cada vez que se propone comprender algo muy nuevo o ya infinitamente viejo. Junto a Yintai y a medida que aprendía su lengua también mis sensaciones fueron cobrando claridad, el chino dejaba poco a poco de ser el fin de todo idioma inteligible para convertirse en el principio de uno más, acaso el más interesante de todos, y el amor ya no me parecía una coartada para explicarme lo que sentía sino el mejor motivo para sentirlo, el único real.

Al término de nuestra primera semana de amor Yintai me dijo sorpresivamente que ya podíamos empezar a dormir juntos, volví a instalarme en el fondo del restaurante y recién entonces me explicó que nuestros encuentros al aire libre habían tenido como objeto prepararme para lo que venía ahora, no entendí a qué se refería hasta que llegó la noche y tuvimos que amarnos en la misma cama donde también dormía su hijo, con emoción comprobé que lo que cantaba Yintai durante el éxtasis eran efectivamente canciones de cuna.

Durmiendo junto a Yintai
(un sueño chino)

Soy Marco Polo. Se me nota por la remera con cuello. Con mi caravana cruzo Catai. No llevo mapa. Me dejo guiar por los carteles. Ruta de la seda, indican. Al costado hay puestitos de venta. Se ofrecen falsas porcelanas de la dinastía Ming, vestidos de seda sintética, relojes Rollex, serpientes en pasta de maní, bebés hembra no queridos por sus madres.

Hago escala en el pueblo de los copistas. Los pintores se presentan no con sus apellidos, sino con el del pintor que imitan. Hola, soy Vam Gog. Hola, soy Picazo. Pintan con tinta china, por lo que los cuadros salen en blanco y negro. Les pregunto dónde están los originales y me dicen que nunca los vieron. Copian de sus propias copias, cada vez con mayor precisión. Tienen esperanza de algún día ser iguales a sí mismos. Viéndolos trabajar se me ocurre una idea. Me la anoto para comentársela a mi amigo Juan Gutenberg (abuelo).

Llegamos al río Amarillo. Descubro que es rojo. En este río todos los peces son iguales, me comenta un pescador obeso riéndose a carcajadas. En lugar de pito tiene un bate de beisball. Lo usa para pescar. De la punta cuelga un balde de aljibe. No necesita carnada: los peces se matan entre ellos para montarse a él. Él les hace cada tanto el favor de sacarlos, los mete en su pipa y se los fuma.

Más tarde me cruzo con Gengis Kan. Me confiesa que no es mongol sino japonés. Bajo la apariencia de un conquistador inescrupuloso venido a subyugar al Imperio Celeste su misión es otra: implantar la moda del karaoke, y así tenerlo dominado para siempre. El método que usa para lograr su propósito es el clásico de capturar a las personas y no dejarlas irse hasta que no le canten una canción.

Llego al monasterio de Shaolin. Me reciben con sopa de perro condimentada con corteza de gingko milenario. Más allá de los prejuicios, sabe horrible. Los monjes me enseñan pasos de baile. Ellos dicen que son de guerra. Más tarde vamos al monasterio propiamente dicho. Envueltos en túnicas naranjas nos sentamos en la posición del loto y le rezamos a una figura de bronce también envuelta en túnicas y sentada en la posición del loto. Tal vez es la figura quien nos reza a nosotros.

Llego a la Gran Muralla. Siempre que me han hablado o he visto una reproducción de un cuadro o de una estatua, al ver las obras en vivo y en directo he sufrido una tremenda decepción, pues invariablemente las obras reales eran más chicas que las imaginadas. En este caso ocurre al revés: la Muralla es mucho más grande de lo esperado, lo cual de alguna manera también me decepciona. Encaramado a uno de sus mangrullos pienso en todos los que tuvieron que morir para que fuera construida, acaso más de los que hubieran muerto en las invasiones bárbaras cuya construcción intentó frenar. Por eso decido no hablar de la Gran Muralla en mis memorias.

Quiero aprender chino pero no puedo porque cada 100 li me cambian de dialecto. Quiero aprender sus costumbres pero tampoco puedo porque cada 100 li me cambian de etnia. Por eso decido visitar al Kublai Khan en Pekín y quedarme un rato con él. El Kublai resulta ser un tipazo. Un gran jugador de ping-pong, además. Me ofrece ser su prefecto y digo: ¡Perfecto! Kublai tiene una mujer de cada etnia y de cada dialecto de su país. Para compensarme por mi trabajo me las presta liberalmente. Paso cada noche con una distinta. En 17 años no logro aprender ni el idioma ni las costumbres del país.

Conozco a Mao Tse Tung, que dice ser poeta. Lo sorprendo componiendo «Como un istmo», un poema que según él está llamado a ser un verdadero clásico sobre la lucha de clases. Me pregunta si quiero que me lo lea en voz alta, le digo que no, igual lo lee. Mao tiene problemas para pronunciar la erre. Le hago notar el vicio pero él me asegura que es un Te, una virtud. Su sueño, me confiesa, es que todos los chinos aprendan a pronunciar la erre como él. Al desafío lo llama La revolución gutural.

Caminando por los hondos bajos fondos pekineses me ofrecen opio. Lo mejor para transportarse a otro mundo, me aseguran. Fumo y, en efecto, me despierto.

El amor, teoría y praxis

A diferencia de los chinos que estaban llegando últimamente al país, Yintai no venía de una provincia pobre como Fujian sino de una casa acomodada de Pekín, su padre era miembro del Partido Comunista y trabajaba en misiones secretas para los cubanos, eso le había dado a ella la posibilidad de asistir a las mejores escuelas y a la universidad, le faltaban apenas un par de materias para recibirse de arqueóloga. Tuvo que huir de China antes de terminar sus estudios para proteger a Shao Mien, así se llamaba el nene que jugaba al badmington montado en su bicicleta, el padre de la criatura no sólo se había fugado con su mejor amiga sino que además la había acusado a ella de adulterio y reclamaba la tenencia del hijo, en cualquier otro contexto el padre de Yintai podría haber usado sus contactos pero en este caso su contacto principal era casualmente el padre del marido de Yintai, también miembro del Partido. Según parece, la corrupción dentro del Partido Comunista chino estaba tan reglada como cualquier trámite legal, lo único que hacía el Comité central de inspección disciplinaria era ocuparse de que las influencias corrieran según las directrices establecidas por la comandancia y dentro de un marco tan o más burocrático que el legal, incluso las actividades prohibidas que naturalmente iban surgiendo al margen de la corrupción oficializada caían muy pronto bajo la jurisdicción de subsecretarías dependientes de aquel Comité y en última instancia del gobierno que se pretendía burlar.

La casa en la que había recalado Yintai en Buenos Aires no era la de sus progenitores ni aun la de otros miembros de la familia, al parecer se trataba de unos disidentes a los que el padre de Yintai había conseguido sacar de la cárcel hacía muchos años y por eso ahora estaban obligados a acoger a Yintai como a una hija, tampoco el abuelo era pariente de ellos sino del chino que les había tramitado la licencia para ponerse un restaurante.

—¿Y Li?

—No sé. Seguramente hizo favor. Favor grande. Chino no gutan pedir favore. Chino muy inpendiente, orgullo mucho. Sólo pedir favor en situación mucho extrema y depué tener deuda toda vida. Chino no conocer guachada.

—Gauchada querrás decir.

—¿Cuál diferencia? Acá tú pide gauchada y depué chau, si vito no recuerdo.

Yintai podría haberse mudado a un lugar mejor, su padre le hacía llegar dinero y la confección de vestidos dejaba sus ganancias, ella sin embargo prefería vivir ahí para ahorrar y así poder irse a México, su sueño era partir con el dinero suficiente como para allá dedicarse por completo a corroborar arqueológicamente la tesis de que los chinos habían descubierto América mucho antes que los europeos y que la cultura maya descendía en forma directa del Imperio Celeste, de hecho el nombre maya era al parecer chino y significaba tanto como *segundo caballo*, lo que ya probaba que los americanos estábamos familiarizados con los equinos mucho antes de que llegara Colón.

—¿Y por qué los llamaron así?

—Eso etar dicusión. Uno dicen que objetivo humillar a lo que venir depué. Etrategia mucho antigua, el que conquitar tierra o mujer tiene derecho poner nombre. Entonce poner nombre burla para lo que venir depué y creer que son primero.

—Lo que no calcularon es que los españoles no entendían chino.

—Eso también etar dicusión. Uno dicen que sí entendían, y que por eso hacer lo que hacer con indios.

Según otra interpretación, la más convincente para Yintai, el nombre aludía al carácter secundario de la cultura maya, a su papel de copia respecto al original chino, claro que una copia simplificada, casi simbólica, como de acuerdo a ciertos mitos el caballo lo es del dragón. Toda cultura altamente desarrollada teme por el futuro de sus logros, me explicaba Yintai, Estados Unidos sin ir más lejos tiene enterrados en búnkeres antiatómicos y ha lanzado al espacio en cajas herméticas discos de los Beatles, Biblias, lamparitas, radios y demás objetos representativos de su civilización a fin de que se conserven para las generaciones venideras o sirvan de referencia a los extraterrestres, ya sea en seres lejanos en el tiempo o en el espacio el objetivo es perdurar. Lo mismo habrían buscado los cavernícolas con sus pinturas rupestres, los antiguos egipcios con sus momias, los griegos con sus anfiteatros y sus tragedias y los romanos con su afán de expandirse, nadie sin embargo había llevado sus anhelos de trascendencia al extremo de sutileza de los chinos, con siglos de precedencia ellos habían surcado los mares para sembrar del otro lado del mundo no un texto o un objeto, sino la base de toda su civilización.

—Es como que hicieron un *back up* por si el sistema se les caía.

—Hacer *back up* e primer síntoma de que sitema ya caer en pedazo.

Mientras que China había entrado en decadencia por el estancamiento propio del sistema dinástico, me siguió iluminando Yintai aunque no de corrido sino poco a poco, mientras cocía o después de hacer el amor, sus largas piernas enroscadas en las mías y su mano jugando con los pelitos de mis brazos y mis axilas, mientras China se había hundido en las luchas hereditarias y la corrupción generalizada, los mayas habían conservado las tradiciones en toda su pureza. La prueba más palpable de esta integridad virginal era paradójicamente el erotismo, según la tesis revisionista a la que Yintai adhería los caracteres chinos eran en su inicio pornográficos y eso se veía con toda claridad en el contenido no apto para menores de los caracteres mayas. A fin de persuadirme de esta teoría me mostró letras mayas, eran como cubitos llenos de lo que parecían hombres o animales retorcidos, me recordaron a esos contorsionistas orientales que se hacen encerrar en cajas herméticas de vidrio y se pasan días y días sin moverse ni beber sólo para batir no sé qué record, el de la estupidez humana por lo pronto. Yintai insistía en cambio en que se trataba de dibujitos porno tipo hentai y que eso demostraba que el alfabeto maya y por ende también el chino eran en su origen una especie de Kamasutra pictórico, un compilado de dibujos donde se veía a hombres y animales copulando en número variado y en las posiciones más diversas, muchas de las cuales se habían perdido o nos resultaban indescifrables como se pierden o se vuelven indescifrables ciertos sonidos de un idioma, ciertas palabras o costumbres.

—¿Decís que antes tenían más imaginación en la cama?

—Claro, porque no tenían cama.

Para Yintai era evidente que un alfabeto hecho de poses amatorias no podía generar sino palabras cuyo significado literal fuera erótico y que sólo en un sentido figurado habrían llegado luego a significar otras cosas, el clásico doble sentido de toda palabra ocurría según ella al revés, como si dijésemos que en maya la palabra *empanada* primero significó *vagina* y mucho más tarde pastelito relleno, o que expresiones como *enterrar la batata* significaron en un principio fornicar y que recién con el tiempo la plebe empezó a usarla en el sentido impropio de *plantar un tubérculo* y mucho después en el ya guarango de *practicar la agricultura*.

—O sea que según tu teoría los mayas eran unos sexópatas.

—No, sexopata no. Hedonista. Mientra chino hacer arte marciale, ello siguieron fiele al Chay Toh.

—Lo que en chino significa...

—Tributo al pez. Pero no chino, maya. Ya vez suenan parecido.

—¿Y qué vendría a ser ese tributo al pez?

—Como wuwei. E grado máximo quietud cuerpo. Grado máximo goce físico.

—Ah, lo que venimos buscando nosotros como arqueólogos.

—Lo que poder bucar ahorita mismo de vuelta si tú quiere, chico.

33

Además de tontear con Yintai hice otras cosas en mi tercera semana de cautiverio, una de ellas fue trabajar junto a Lito en el guión de nuestro manga vernáculo, siempre al despertarnos porque más tarde lo perdía, era como estar con mi madre salvo que él no tomaba sino que fumaba y una vez fumado no decía incoherencias o tal vez sí pero en japonés, el pobre habrá creído que estaba de vuelta en su patria. Por no sacarlo de su ilusión a veces me quedaba conversando con él, era como maullarle a un gato, Lito decía algo que seguramente era de vital importancia y yo le respondía con sonidos que no significaban nada, él insistía como extrañado de que yo no pudiese articular y yo volvía a la carga haciendo gestos tan incomprensibles como mis palabras, quizá desde afuera hasta parecía que nos estábamos comunicando. Igual la mayor parte de las veces prefería dejarlo solo con su delirio, me partía el alma ver a ese ponja malogrado escapando de sus frustraciones mediante el opio, así como los blancos siempre sintieron por los negros desprecio pero también admiración, los chinos o nos causan mucha gracia o una tremenda tristeza, en cambio nosotros a ellos creo que les causamos una pareja indiferencia.

El manga de argenchinos que fuimos componiendo con Lito estaba formado por siete personajes: el manguero, un chino de la escuelita de Jáuregui que después de una breve temporada de jugador suplente ahora trabajaba de regar la cancha de fútbol de Defensores de Belgrano, no la regaba con la manguera sino a escupitajo limpio, el sobrenombre le venía de que siempre andaba mangueando cigarrillos; el dragón drogón, un actor chino fracasado que ganaba sus pesos disfrazándose de dragón en fiestitas infantiles, él al menos decía que era un dragón, los chicos no le creían; el casero Alfredo, que no trabajaba de cuidar casas sino que nunca salía de la suya, se hacía llamar El maya en malla porque andaba todo el día en calzones, con la excusa de que estaba cultivando bonsáis gigantes llevaba a cabo sus investigaciones tendientes a demostrar que los chinos descendían de los americanos; Palitos, dos hermanas gemelas muy flacas que trabajaban de cajeras en un mercado chino y que siempre andaban juntas calentando a los tipos, después nunca pasaba nada y de ahí su apodo, eran chinas pero se comportaban como clásicas porteñas; Carlitos Tangram, dueño de un local que según el día de la semana funcionaba como consultorio de medicina oriental, escuela de artes marciales, templo budista, santería, restaurante, karaoke con pista de baile, burdel clandestino o bien alguna combinación de estos siete elementos (burdel budista, escuela de medicina marcial, santería clandestina con pista de baile); y por último estaba China Zorrilla, la mascota, una cruza entre perro pekinés y zorrillo hediondo *(Mephitis mephitis)* que si le daban de comer alimento balanceado con palitos se transformaba en el mono Kimono, una ardilla con patas de canguro bebé, debidamente vendadas para que no crecieran mucho. Todos los personajes adquirían poderes especiales cuando comían dulce de leche (la idea era buscar una marca que nos esponsoreara) y los usaban para hacer el bien, aunque con Lito no llegábamos a ponernos de acuerdo en cuáles serían esos poderes especiales y cuáles los bienes en que serían invertidos.

—Yo digo que cada uno al comer dulce de leche le firme un poder al otro y con esos poderes se caguen mutuamente haciendo inversiones en bienes raíces.

—Dale, Lito, estamos tratando de hacer algo en serio.

—Bueno, entonces hay que pensar en poderes netamente argentinos, cosas que sean especiales acá, como por ejemplo no cagar al prójimo. Los tipos comen dulce de leche y se hacen puntuales, dejan de sonarse la nariz en público, manejan con prudencia, admiten que las Falklands no les pertenecen y empiezan a tratar a los chinos y a los bolivianos y a todos los que viven en su país con respeto y humildad.

—Yo diría que se toman un capuchino y dejan de escupir en cualquier lado, aprenden a sentarse como se debe, paran de reproducirse como conejos y de formar mafias sanguinarias en todos los países del mundo, se cortan la uña del dedo meñique y empiezan a limpiarse la oreja con hisopos, al fin entienden que el karaoke es lo más aburrido del mundo y que ellos no saben cantar.

—Me deprimí.

Así como con Chen no dejaba de pelearse, conmigo Lito siempre se terminaba deprimiendo, si no se refugiaba inmediatamente en el opio o en sus videos de ópera china sacaba a relucir los juegos de mesa, tenía un armario repleto de cajas repletas de tableros y fichas, clásico basural de la niñez pensaría uno pero no, Lito había comprado esas cosas de grande y si las tenía desordenadas tampoco era por casualidad, la gracia consistía para él no en jugar a los distintos juegos de mesa sino en unificarlos. Sacaba las cajas del armario, desparramaba su contenido por el suelo y se ponía a buscar qué fichas correspondían a qué tablero, según Lito los juegos de mesa (de suelo en su caso), habían surgido de la misma forma que los hexagramas del I Ching, combinando los elementos de un único juego primitivo, por eso es que jugar a mezclarlos y reordenarlos era no sólo una forma de evadir la depresión sino también de descubrir los parentescos entre los juegos y eventualmente llegar a reconstruir su fuente ancestral, el sueño del primer actor chino de Argentina era diseñar un tablero que, al igual que esos gimnasios que tienen dibujadas en el piso canchas superpuestas de distintos deportes, se adecuara a todos los juegos existentes, desde el Metrópoli hasta el Go.

—¿Y con las fichas cómo vas a hacer?

—Me deprimí.

34

Chen trabajaba en un minimercado de la calle Monroe, me llevó a visitarlo un día en que Lito tenía un casting, al parecer lo llamaban cada tanto para hacer publicidades o papeles menores en telenovelas, casi siempre de chino mafioso o de chino pelotudo, a veces de chino mafioso y pelotudo, cansado de estas humillaciones Lito se hacía seleccionar y luego los dejaba plantados el día del rodaje, xenofobia invertida lo llamaba él, no entendía cómo es que igual lo seguían llamando. Chen no era repositor como había pretendido Lito sino que estaba a cargo de la verdulería, me confesó que también manejaba la carnicería pero que no atendía al público por los prejuicios de la gente, a un carnicero chino ningún argentino le hubiera comprado ni comida para el perro. Aproveché la ocasión para preguntarle si era cierto eso que se comentaba de que en los minimercados chinos se apagaban las heladeras por las noches y me dijo que sí y no, no para heladeras que contenían alimentos pero sí para las que contenían gaseosas, era una idea que habían copiado de las grandes cadenas de supermercados, las mismas que después hicieron correr el rumor de que ellos apagaban las congeladoras para ahorrar energía, que adulteraban las fechas de vencimiento de productos que traían contrabandeados de Paraguay y que vendían como si fuera vacuna carne de caballo viejo. Una confidencia lleva a la otra y así fue que le terminé preguntando si era cierto que estaba castrado, Chen me dijo de nuevo que sí y que no pero en lugar de explicarse se bajó los pantalones y me mostró una tremenda verga flanqueada por dos huevos bien peludos, nunca había visto nada ni lejanamente parecido tan de cerca, balbuceé algunas palabras de sorpresa y admiración.

—No excital, e imprante.

—¿Cómo que es implante?

—E imprante, e mentila. ¿Ve botoncito ete? Lo apletá y se me pala.

—O sea que sí estás castrado.

—Sí, pelo si te agachá va vel que no tanto.

Le pregunté si el implante le había costado mucho dinero y otra vez dijo que sí y no, sí porque había tenido que trabajar diez años para pagárselo y no porque desde la operación era impagablemente feliz, según Chen el placer más genuino y trascendente durante el coito no es el que uno recibe sino el que uno da y para experimentarlo un pito verdadero es más bien un impedimento. Le pregunté también si no le incomodaba un poco ese aparato tan grande y volvió con que sí y no, sí porque no podía dormir boca abajo y no porque con él contribuía a descalificar el mito de que los orientales la tenían chica, cada vez que un laowai decía eso de que a los asiáticos los forros estándar les quedaban grandes él se bajaba los pantalones y, por así decirlo, le tapaba la boca con su bulto.

—Pero es de mentira, lo cual confirma el mito.

—Sí y no.

—Y dale con que sí y no.

—Aplendí de Li. Er llama sinorogía.

Aproveché que había mencionado a Li para hacerle todas las preguntas que no había podido hacerle a él, en primer lugar quería saber dónde estaba y por qué se esfumaba de repente, también me intrigaba por qué nadie parecía tener miedo de que me reconocieran por la calle y alertaran a la justicia o de que yo mismo intentara un escape y denunciara todo el asunto, además exigía que me informaran qué era específicamente lo que se esperaba que hiciera y cuánto tiempo más me iban a tener en cautiverio, por último y ya que estábamos necesitaba que Chen me hablara de Yintai, no quería enterarme demasiado tarde de que era la esposa de Li o que ya estaba comprometida con el jefe de la mafia china. Como toda respuesta Chen me palmeó la espalda y me felicitó por mi romance, culpa mía si pregunto tantas cosas juntas y pongo al final lo que en realidad menos me interesa, yo le creía a Yintai ciegamente y la verdad era que si me había mentido tampoco me importaba mucho, ni Li ni el jefe de la mafia china ni nadie me hubiera disuadido a esa altura de seguir viéndola, incluso de adoptar a su hijo y fugarnos todos juntos a México, güey.

Chen se puso a trabajar y yo también, pero no junto a él pelando chauchas sino en los pasillos ordenando productos, cuando de chico me preguntaban qué quería ser de grande hubo una etapa en que yo decía repositor de supermercado, me fascinaba ver cómo los repositores abrían cajas e iban llenando las góndolas, la misma palabra góndola tenía para mí el encanto que para otros tendrán las embarcaciones de Venecia. Feliz como un chico al que se le cumple un sueño me dediqué a poner en orden las estanterías sin darme cuenta de que al verdadero repositor mi ayuda no le hacía falta ni le agradaba lo más mínimo, recién cuando le dije que estaba ahí de casualidad y sólo por un par de horas dejó de mirarme con mala cara y se puso a darme charla, curiosamente lo único que hacía era quejarse del trabajo que unos minutos antes había temido perder. Según me contó, trabajaba doce horas por día y tenía sólo dos francos mensuales, si llegaba tarde le descontaban medio jornal y no lo dejaban comer ningún producto de los que ordenaba, ni siquiera la fruta medio podrida porque ya la tenían vendida a un criador de cerdos.

—Te digo que son unos negreros hijos de puta estos chinos del orto. ¿O por qué creés que cambian de empleados cada mes? El único momento acá en que te tratan como a una persona y te pagan lo que corresponde es cuando vas a una casa a entregar un pedido. La propina que te da una mucama paragua es más alta que el sueldo que te paga un dueño de mercado chino. Y creeme que guita no les falta.

No sé el resto pero al menos en esto último parecía tener razón, el dueño del minimercado llegó cerca del mediodía en una camioneta que probablemente valía lo que el local entero con todos sus productos, luego me enteré de que aquél no era su único auto ni este su único minimercado, nadie sabía con exactitud cuántos pero se suponía que de ambos tenía más de un par. Fuera de su camioneta nada hacía sospechar sin embargo que se tratara de un comerciante próspero, con sus mocasines gastados y la clásica camperita beige bien podía ser confundido con cualquier chino que acabara de llegar al país, cuando se quedó en camiseta y más aún cuando se la levantaba para ventilarse la panza su aspecto ya competía con el de los indigentes que entraban a pedir cartón.

Al mediodía comí junto con él y Chen, por turnos se sumaron después la chica que atendía la caja y el encargado del local, los dos eran más jóvenes que yo y llevaban el pelo planchado y teñido, también Lito y Chen hacían malabares para dominar el quincho que les crecía sobre la cabeza, Yintai era la única que había sido agraciada con una cabellera sedosa, por algo había tantas peluquerías en la calle Arribeños, ellos las llamaban salones de belleza. La conversación, naturalmente en chino, Chen me iba traduciendo de a partes, se centró al principio en el boicot de los camioneros, al parecer un chino había herido a balazos a un repartidor de gaseosas y el sindicato de camioneros planeaba reclamar justicia negándose a abastecer a todos los minimercados con dueños de esa nacionalidad. Según el dueño, según Chen, ningún chino le había disparado a nadie, el problema de fondo era que los camioneros estaban reclamando un arancel especial para los minimercados porque según ellos, según el dueño, según Chen, el volumen de mercadería que debían transportar diariamente variaba demasiado y eso les ocasionaba pérdidas. Los chinos por su parte no querían pagar ningún arancel especial y en cambio proponían armar su propia flota de repartidores, de hecho ya habían comenzado a armarla y eso era en el fondo lo que el sindicato buscaba impedir por todos los medios, Li sin ir más lejos había estado haciendo ese trabajo y poco había faltado para que terminara peor de lo que terminó.

Como en esas películas orientales en donde los subtítulos desaparecen por un rato, nunca sabremos si por desidia de los subtituladores o por la oscura mano de un censor, la charla derivó luego hacia otros aspectos del negocio que Chen supuso que no me interesarían, o en todo caso creyó conveniente no traducirme. Mal en verdad no me vino porque yo me había quedado pensando en Li y los camioneros, se me ocurrió que ese conflicto gremial era la clave del enigma que yo debía ayudarlo a resolver y mi primera hipótesis fue que los incendios y la posterior encarcelación de Li habían sido planeados y ejecutados por el sindicato para demostrar su poder y así obligar a los chinos a que pagasen. Eso también explicaba por qué Li me había iniciado en la manupuntura, el Falun Gong y las películas de artes marciales, de pronto se me hizo evidente que la secta representaba al sindicato, la manupuntura aludía a que pedían plata por nada y las películas hacían referencia a sus crueles métodos de chantaje, estaba tratando de dilucidar entonces por qué Li había querido que yo dedujera todo por mí mismo cuando Chen volvió con los subtítulos.

—Dueño contento con tu tlabajo. Quiele contlatarte. Cama dentlo. Hay gato pala que la lata no moreten.

—¿La lata no moreten?

—No, la-ta. Mo-re-ten.

—Ah, que las ratas no molesten. Chen, si sabés pronunciar la ele y también la erre, ¿por qué decís erre cuando es ele y ele cuando es erre?

—Lamilo, si sabé chupal vino, ¿pol qué no me chupás la plótesis?

Nos levantamos de las cajas de frutas, enseguida fueron ocupadas por el repositor y el carnicero, le pregunté a Chen por qué comían separados y me dijo que les preguntara a ellos, le dije que sin preguntarles ya me lo imaginaba y me dijo que entonces por qué preguntaba.

—Pero es verdad que los negrean, que los...

—¿E veldad que Li come pife a la mañana y toma capé con medialuna a la noche? ¿E veldad que e sordado mapia china?

—¿De dónde sacaste todo eso?

—De dialio, de tele. Eso decían de Li. Eso dicen de nosotlos chinos. Desayunamo noche y cenamo mañana. Hacemo todo levés. Y somo todo maro y tlabajamo mapia. Nadie cuenta lo que tuvo que suplil Li pol culpa de plejuicio. Eso e lo que debelían hacel vo y Lito en manga.

—Bueno, claro, ya lo habíamos pensado.

—Lo peliodista son como poeta, inventan todo, sólo mentil. Eta noche te muetlo, haceme coldal.

Los misterios de Li

(Poema épico compuesto por Chen basándose íntegramente,
sin una palabra de más aunque alguna que otra de menos, en
una crónica aparecida en el diario *Clarín*)

En el bar de Gaona al 2900
recuerdan bien a Li Kinzhong
a veces comía
bife a las siete de la mañana
y regularmente tomaba
café con leche a las nueve de la noche.
Vestía ropas sucias y calzaba ojotas pero
tenía un celular de última generación.
Era un acelerado hablando
fumaba un cigarrillo atrás de otro y
«en broma»
solía pincharse el brazo con un cuchillo.
Los vecinos saben que era uno de los diez
chinos que viven a mitad de cuadra, habitué

de todas las cabinas del barrio en las que
hablaba únicamente en chino
y hasta dos horas.
Al saludar hacía el gesto
de un revólver disparando
mientras decía: «¡Pum! A Chacarita»
y largaba una carcajada amenazante.
La empleada antes se reía
ahora está asustada.

El caso plantea
dos opciones extremas.
¿Se trata de un loco obsesionado
con quemar locales o de un soldado
de la mafia china que incendiaba propiedades
destinadas a ser compradas a precio vil
para convertirlas en minimercados? Los datos sobre el detenido
van en uno y otro sentido.
En la habitación de Li se halló
un mapa de la capital con cien puntos marcados
al menos dos coincidentes con locales incendiados.
¿Fue él quien trazó un plan
o alguien pudo estar
interesado en esas ubicaciones?
El mapa estaba en una caja
arriba de su cama de una plaza
sin hacer
junto a tres piedras
para romper las vidrieras

y una botella con nafta.
Esas pruebas lo dejaron mal parado pero cuando lo interrogaron
se ocupó de empeorar las cosas.
Al preguntarle por medio de un traductor si
había incendiado los locales dijo que sí.
Pero cuando le preguntaron cómo
dijo no entender de qué le hablaban.
Los médicos consideraron
que padece «enajenación mental».
Loco o no
su billetera no coincidió
nunca con su estilo de vida.
Cuando lo detuvieron llevaba
700 pesos encima.
«Nunca me pagó con cinco pesos.
Siempre con un billete de al menos 20 pesos,
muchas veces con 50
o 100»,
asegura un empleado y no se priva de lanzar su hipótesis:
«En el aguantadero ese antes cocinaban
algo con pescado. Los vecinos se quejaban.
Él trabajaba en eso pero el año pasado
quedó en banda. Para mí que ahí
se debe haber "rayado"».

Li tiene una residencia temporaria
su habitación está en los fondos
de un local que alguna vez fue ferretería.
Hace un mes la Municipalidad demolió el frente

algunas familias chinas se mudaron
sorprendiendo a los vecinos
por la cantidad de computadoras que cargaron.
Li se quedó allí, ya que su cuarto no se vio afectado,
es la última de cinco habitaciones de 3 por 2 metros
con techos de chapa, paredes sin pintar y pisos de cemento.
Otros ocho chinos también se quedaron y siguen compartiendo
el único baño y una precaria cocina.
Cuando la Policía les preguntó a sus compatriotas
todos dijeron no conocerlo
aunque lo acompañaban al café de la esquina
todos los días.
Desde la detención, ya no fueron más.
Las sospechas de los vecinos
de que algo raro
pasa en la casa de Gaona
vienen desde que llegaron
los primeros habitantes chinos.
Por los autos caros
que estacionan frente a la casa
por la aparente falta de trabajo
(no cumplen horario)
que no se condice con el buen pasar
y con los celulares que ostentan.
También por la misteriosa Trafic
que todas las mañanas a las 8.30
carga una bandeja con algún
tipo de mercadería que producen.
Un dato terminó

de inquietar a los vecinos.
El muchacho flaco que se movía
en una bicicleta roja tenía
un arma que cuesta 700 pesos.
¿Quién la pagó?

36

Por las noches cenaba con Lito y Chen en la primera mesa de Todos Contentos o de Palitos, empezábamos de a tres pero siempre terminábamos siendo más, una suerte porque Lito y Chen no podían estar ni cinco minutos juntos sin pelearse, de afuera quizá no se notaba porque estaban obligados a disimular pero con esa cara de lo más neutra se estaban diciendo las peores cosas, te paso la pimienta y no te la soplo en los ojos porque igual sé que el glaucoma te está dejando ciego, haceme el favor de masticar bien porque después te quejás de que se te atora el ano contranatura, ¿qué sentís al comer un langostino o un pedazo de cerdo o cualquier otro bicho del que te consta que tiene un coeficiente intelectual más alto que el tuyo?, nunca entendí cómo hacían después para dormir en la misma cama, supongo que ahí se llevaban mejor.

A nuestra mesa se sentaban al menos por un rato casi todos los chinos que entraban al restaurante, los que no lo hacían era porque estaban peleados con Lito o con Chen o con ambos, por qué es algo que nunca supe, las pocas veces que pregunté de dónde venía la enemistad con tal o cual persona me miraron con el mismo desconcierto con que los habría mirado yo si me hubiesen preguntado cómo había surgido mi amistad con tal o cual otra, mi sensación era que ni ellos mismos se acordaban muy bien de las razones del distanciamiento y ahora conservaban las hostilidades por compromiso, como quien mantiene una amistad heredada de los padres.

—¿Pero si no saben por qué se pelearon cómo hacen después para reconciliarse?

—No hace falta saber el origen de un resfrío para curarse de él.

—¿Proverbio chino?

—No. Plovelbio chino e: Si tiene un ploblema que no tiene sorución, pala qué te preocupa; y si tiene sorución, pala qué te preocupa.

—Ah, ¿y qué me querés decir con eso?

—Que no te preocupes por nuestra falta de preocupación.

Paradójicamente, de los que más hablaban Lito y Chen era de aquellos que no se sentaban a nuestra mesa, y paradójicamente también era entre estos indeseables que se encontraban los personajes con los que más me hubiera gustado intimar. Uno de ellos era un ex embajador de China que venía siempre acompañado de mujeres distintas, según me contaron todas ellas creían que seguía siendo embajador y lo invitaban a cambio de que usara sus influencias para acelerar algún trámite, de vez en cuando la mujer de turno se daba cuenta del fraude en medio de la cena y lo dejaba pagando, él igual siempre encontraba una nueva para reemplazarla, quizá tuviera alguna virtud verdadera. Normalmente los ex embajadores chinos lo son en su país de origen pero este hombre había cometido alguna imprudencia durante su gestión y el gobierno le había denegado el regreso, al parecer era una práctica común esto de que a los embajadores imprudentes se los castigara con rigor, a los que estaban en un país rico se los mandaba a un país pobre y a los que estaban en un país pobre se los abandonaba ahí nomás sin papeles ni dinero ni protección alguna, de ahí el alto nivel académico y los modales diplomáticos de tantos comerciantes chinos desperdigados por los países menos habitables del planeta. Aparte de ponerse una tienda de baratijas importadas este ex embajador había fundado y dirigía el periódico *El Emporio Celestial de los Conocimientos Benévolos*, el mismo en donde yo había buscado mi nombre durante mis primeros días de cautiverio, el único de la comunidad china en Argentina aunque pensado no como un servicio a la misma sino como una forma de rehabilitar a su director, según Lito *El Emporio* era tan desaforadamente oficialista que los mismos funcionarios tenían que salir a veces a desmentir las maravillas que se decían ahí sobre China, sin ir más lejos era desde sus páginas que unos años atrás se había hecho correr el rumor de que los chinos pensaban comprar la deuda externa argentina por pura caridad.

—Así que, como ves, los chinos que sólo leen *El Emporio*, y te aseguro que son unos cuantos, tienen una imagen bastante deformada del mundo.

—A juzgar por los poemas de Chen, tampoco te creas que los que leen diarios en castellano tienen una imagen mucho más verídica.

—Bueno, pero al menos pueden elegir en qué mentira prefieren creer.

Otro de los que no se sentaban en nuestra mesa era un anciano misántropo que comía siempre solo en un rincón, su nombre era Ts'ui Pên y se decía que su casa estaba ubicada en medio de un laberinto inaccesible, según Lito era una forma algo irónica de dar a entender que vivía en Parque Chas o tal vez entre las vías de Coghlan. Ts'ui Pên era el único en la comunidad que dominaba el arte de la caligrafía, casi todos los carteles del barrio habían sido diseñados por él y a ninguna tarjeta de invitación medianamente importante le faltaba su firma, la técnica de este anciano era célebre por su belleza pero también porque derivaba de la vieja escuela abolida por Mao, como se negaba a tomar discípulos con él desaparecería en breve no sólo el único artista de su tipo en Argentina sino uno de los últimos que habían sido educados según el precepto más importante de la caligrafía tradicional china, esto es, el analfabetismo. Según me contaron Lito y Chen, en las antiguas escuelas de caligrafía se enseñaba la forma de las palabras pero no su contenido, los viejos maestros de esta disciplina sostenían que ignorar el significado de lo que se garabateaba con el pincel era condición necesaria para hacerlo correctamente, haber desconocido o acaso desestimado este principio básico de la reproducción explicaba por qué los copistas medievales de Occidente cometían tantos errores, errores que en el peor de los casos pagábamos luego con esos fabulosos malentendidos alrededor de una palabra mal copiada que nosotros llamábamos filosofía.

—Son como los eunucos en los harenes, para que no cometan errores les castran el conocimiento.

—Je, pelo habel manela mucho má intelesante de pelveltil concubina.

El analfabetismo en aquellas escuelas era tan importante que no se limitaba a la negación del alfabeto sino que era enseñado activamente mediante libros de ejercicios, juegos grupales y actividades deportivas, lejos de ocultarle al niño el significado de los kanjis o de engañarlo con significados falsos lo que se le inculcaba era la universal utopía de que cada dibujito significaba todas las cosas que él quisiera, bastaba con desear que una palabra significara una cosa para que así fuera y bastaba con dejar de desearlo para que significara otra, a más tardar con las primeras cartas de amor ocurría entonces que sin intervención del docente el niño experimentaba dificultades para comunicarse con sus compañeritos y así era como en algún momento acababa perdiendo la fe en la escritura como forma de comunicación en general, momento en que al fin estaba en condiciones de seguir la senda de Ts'ui Pên.

—Aquel que buca la eludición debe aclecental conocimiento todo día. Aquel que buca el Tao debe leducil conocimiento todo día.

—Ajá. ¿Confucio?

—Lao Tse.

—Mmm. ¿Y qué vendría a ser el Tao?

—Si lo supiela, nunca lo arcanzalía.

—¿Y cómo vas a alcanzarlo si no sabés lo que es?

—¿Y cómo va a sabel lo que e si no lo arcanzá?

—Porque alguien te contó, porque lo leíste en los libros, porque viste fotos, qué sé yo, hay miles de formas de saber algo sin alcanzarlo.

—¡Foto del Tao, esa sí etal buena!

—Ustedes se creen que todo es una pelota de fútbol, ¿no? A un argentino le das un libro que tiene miles de años y que es la guía espiritual de cientos de millones de personas y ¿qué hace?, jueguitos. Primero un par de jueguitos y después te lo patea a la tribuna. Y la tribuna aplaude. Porque la única virtud que se reconoce en este país es la irreverencia.

—Bueno, perdón, no quería ofenderlos.

—Ya lo sé. Eso es lo que los salva. Al final todo termina con un asadito.

37

La casa había cambiado cuando volví a vivir con Yintai, no sólo porque estaba teniendo un romance con ella sino también porque todo adquirió un nuevo sentido gracias a sus explicaciones, las actitudes más misteriosas pasaron a responder a causas de lo más razonables y los diálogos perdieron, una vez traducidos, cualquier matiz esotérico o amenazador. Gracias a Yintai entendí al fin por qué Chao tomaba té en un frasco grande de Nescafé (yo creía que era para darle más sabor a la infusión, o porque de chico rompió alguna taza de porcelana y su padre le hizo comerse todos los pedacitos, pero nada de eso, el té era medicinal y el médico había recetado que tomara exactamente esa medida por día); también supe por qué Fan regaba las plantas con la misma agua que usaba para lavar el arroz (ninguna relación con el arte del ikebana, sólo por ahorrar) y por qué el viejo no sostenía el cigarrillo entre el dedo medio y el índice como cualquier hijo de vecina o entre el índice y el pulgar como cualquier hijo de policía sino entre el dedo anular y medio (costumbre). No digo que estas rectificaciones hicieran la vida ahí mucho más interesante pero sí que la hacían más real, con lo que tampoco quiero decir que hacerla más real fuera algo necesariamente bueno aunque sí inevitable, uno no puede estar todo el tiempo intuyendo conspiraciones en cada conversación o adivinando ritos satánicos en cada gesto sólo porque no entiende el idioma o la cultura, cuando se tiene una oportunidad como la que a mí me daba Yintai es siempre una necedad no aprovecharla.

La verdad, de todas formas, es que hubiera preferido la ignorancia. Será necio de mi parte decirlo así pero si algún encanto tenía ese patio lleno de gente rara era que yo no entendía la mitad de las cosas que pasaban ahí, desde el momento en que todo tuvo su explicación se acabaron las fantasías y lo que se hizo más real, lo único irrefutable, fue el tedio. ¿De qué me servía conocer el nombre de las plantas si ahora también sabía que no eran budistas, es decir carnívoras? ¿Qué necesidad tenía yo de que Yintai me revelara que el instrumento colgado de la pared se llamaba Pipa y servía para hacer Li-yüeh o música sacramental si mi esperanza secreta era que un acorde de ese charango gigante hiciera explotar el equipo de karaoke, cosa que no sucedió? ¿Por qué tuve que enterarme de que Chao ya había decretado que el hijo de Yintai no tenía aptitudes para el badmington si era mucho más simpático pensar en nacionalizarlo y hacer de él el primer argentino campeón mundial de ese deporte?

Las conversaciones durante la cena eran de lo más banales y las letras de las canciones que Chao le cantaba al espejo eran casi más tontas que lo que yo había imaginado, sólo que imaginarlo me causaba gracia pero saberlo no. La mayor decepción, sin embargo, fue para mí el abuelo que hacía cuentas con el ábaco, primero porque no se le conocían nietos ni aun hijos y segundo porque no usaba el ábaco por tradición o placer sino porque se le había roto la calculadora y era demasiado tacaño para comprarse una nueva. Yo lo había imaginado un astrólogo que conjeturaba con su instrumento milenario la posición de los planetas pero lo que el viejo hacía en realidad era calcular el rédito que hubiera sacado de negocios que para colmo nunca había concretado, todo el día hablaba de las grandes inversiones bursátiles que había estado a punto de realizar y de las exitosísimas marcas de productos electrónicos (calculadoras, por ejemplo) que había visto nacer pero en las que, por prudencia, se había negado a invertir su dinero. La frase con que concluía todas sus elucubraciones matemáticas y que yo había tomado por una sentencia de Confucio era el clásico lamento del miserable: Con un poco más de suerte, hoy sería rico.

No muy distinta, aunque me duela admitirlo, fue la decepción con Yintai y sus compañeras de costura, si bien yo nunca creí ni en el fondo hubiera deseado que sus conversaciones versaran sobre la situación de las mujeres en el mundo árabe o el giro a la izquierda en los gobiernos latinoamericanos la verdad es que enterarme de que hablaban sobre los problemas de sus maridos o sobre lo que veían en la televisión china fue una sorpresa nada grata, por lo menos de Yintai yo me esperaba un poco más de inteligencia y sensibilidad, al fin y al cabo a mí me hablaba de las novelas de Amy Tan, Pearl S. Buck y Zoé Valdés que leía por las noches mientras yo jugaba con su hijo a la Playstation. Incluso en lo que respecta a la comida las aclaraciones de Yintai sólo me depararon desilusiones, los platos que yo creía especialidades del Lejano Oriente resultaron ser tostones, chicharos o ajiaco, típicas comidas caribeñas preparadas según las recetas de su madre, claro que no por eso dejaban de ser ricas pero igual me quedó un sabor amargo por enterarme así, es feo darse cuenta de que uno es un ignorante aun de las cosas que nunca le importó saber.

El mismo esquema se repetía afuera cuando salía con Yintai a hacer las compras en Casa China o en Asia Oriental, acá es donde compran los chinos y atienden los blancos, en los parlantes suenan temas de Madonna o Abba cantados en chino, también cuando la acompañaba al salón de belleza de la esquina de Olazábal, ventosa medicinal, reflexología, auricoioterapia, ni en uno ni en otro lado lo que veía era un misterio por mucho tiempo y ninguna de las personas con las que nos cruzábamos tenía algo demasiado maravilloso para decir, que a la salsa de soja argentina en lugar de dejarla fermentar le ponen azúcar y que por eso no le da color a la comida ni es tan sabrosa como la china es de lo más interesante que durante esos días escuché traducido por boca de Yintai. Poco a poco vivir en el zhong guo cheng se fue pareciendo cada vez más a vivir en cualquier otro barrio de Buenos Aires, el mío por ejemplo, sólo había que cambiar los chinos por los gallegos y las medialunas por las sopas instantáneas, el mate por los termos gigantes para hacer el té y las fotos de Gardel por los cuadros con cataratas de agua móvil, yo no sé para qué viaja la gente si al final todo termina siendo más o menos lo mismo que en casa.

38

Shao Mien, el hijo de Yintai, yo le decía Sushi, era un fanático de los osos panda, al parecer todos los chinos lo son, yo ni sabía que el oso panda fuera originario de China, tampoco lo creí del todo hasta que no estuve frente a la jaula del zoológico y leí el cartelito, *Ailuropoda melanoleuca*, de la familia de los úrsidos. Pasa que ya para ese entonces un vendedor me había asegurado que el cubo mágico era un invento chino cuando yo sabía que eso no era cierto, la familia de Vanina venía de Hungría y ellos me habían contado que era un invento tan húngaro como el gulash y la birome, mal que nos pese a los argentinos, el problema es que como los chinos inventaron tantas cosas se creen que inventaron todo, ahora dejan que inventen otros y viven de hacer copias baratas y de duración limitada, milenios de historia para acabar siendo los reyes de lo efímero. Fuimos entonces con Sushi a que viera el oso panda en el zoológico, me apenó que fuera su primera vez en el lugar, como asistía al colegio chino de la calle Montañeses junto a hijos de diplomáticos los chicos tenían prohibidas las salidas educativas, Yintai por su parte no había pasado de las Barrancas más que para hacer trámites y volver.

—Después se quejan de que los tildan de ser una comunidad tan cerrada como sus ojos.

—¿Quién queja?

—Es verdad. Son tan cerrados que ni les importa.

—Y utede tan abierto que único que importa e ver qué hacen otro.

Era un buen signo, esto de que pudiéramos echarnos en cara nuestras diferencias culturales, con Vanina al menos lo hacíamos todo el tiempo, yo le escondía jamón en las comidas y ella me quería convencer a toda costa de que me hiciera rebanar el prepucio, después todo terminó como terminó pero en ese aspecto creo que fue una relación lo que se dice sana. Insano y nada bueno como signo era en todo caso esta manía mía de comparar mi amor actual con uno ya muerto, es que más allá de las obvias diferencias entre ambas tanto Vanina como Yintai me introdujeron en un mundo completamente nuevo para mí, antes de conocer a Vanina yo de judaísmo sabía tanto como de osos pandas o comida cubana antes de conocer a Yintai, en vez de idish los abuelos de mi ex podrían haber hablado mandarín que yo ni me hubiera dado cuenta. Mi pálpito es que los porteños en general no solemos hacer muchas diferencias entre las nacionalidades, bien lejos están los chinos y un poco más acá los turcos, después vienen en el sur los tanos y en el norte los piratas, de los Pirineos para acá sólo hay gallegos y del Amazonas para abajo son todos brazucas o bolitas, más de uno ni se debe haber dado cuenta de que en el Once los coreanos ya casi desplazaron a los judíos, mientras sigan vendiendo barato qué más da.

—¿Y oso pamba?

—Ya lo vamos a encontrar.

Llegar hasta el panda no fue fácil, estaba aislado del resto de los de su especie en la así denominada zona china del zoológico, una especie de islita a la que se entraba por un puente de madera, eso del riacho con el puentecito arqueado es muy chino, tal vez lo inventaron ellos, al menos seguro que lo creen. Un cartel daba la bienvenida en kanjis, se lo señalé orgulloso a Yintai pero ella se lo tomó con la mayor naturalidad, le parecía de lo más obvio que su cultura fuera honrada aunque de esa forma no muy honrosa, adentro no había más que la pagoda donde se escondía el oso y un par de frases de sabiduría oriental, también un edificio de nueve pisos empieza por el primero, mirate vos. Llegar hasta el oso no fue fácil pero conocerlo fue más difícil aún, al principio el bicho no quería salir de su cueva y cuando salió había tanta gente que ni alzándolo Sushi consiguió verlo con tranquilidad, bastante más complicado todavía fue cuando terminamos el recorrido y preguntó por el dragón, lo más honesto hubiera sido armarlo como un rompecabezas, cabeza de caballo, ojos de león, asta de ciervo, cuerpo de serpiente, garra de gallo, escamas de pez, pero Sushi no lo hubiese entendido, probé entonces con los reptiles pero Sushi esperaba algo más grande, al final me decidí por el hipopótamo.

—Es un dragón viejo, ya se le cayeron las alas.

—¿Y escupe fuego boca?

—No, tampoco. Cuando se ponen viejitos los dragones pasan a llamarse hipopótamos y lo que más les gusta es estar tirados dentro del agua.

—Es dlagón jubilado entonces, necesita dolmil.

—Sí, mucho estlés.

Shao Mien no hablaba mucho pero cuando hablaba era para comérselo crudo, por eso y porque tenía un cuerpo compacto y redondito yo lo apodé Sushi, también por lo chino obviamente, él era el que tenía los ojos más rasgados de todos, su padre era de ascendencia mongolesa y al parecer los mongoleses tienen los ojos especialmente achinados, será para combatir el viento de las estepas, o para poder ver toda la muralla que les pusieron delante de una sola vez, Yintai los tenía grandes y redondos como en los mangas. Como llevaba la cabeza rapada y su madre lo vestía siempre con algo naranja Sushi parecía el pequeño buda, a los budistas está prohibido tocarles la cabeza pero yo igual aprovechaba cualquier ocasión para hacerlo, lo mismo que clavar los palitos en el arroz aunque ahí no lo hacía a propósito sino que me olvidaba, a veces también me olvidaba de sacarme los zapatos al entrar en la casa, Yintai se volvía loca cada vez que me descubría infringiendo alguna norma de etiqueta oriental, después iba y escupía por cualquier lado como una guanaca, o se rascaba la espalda con el abanico, yo no le decía nada. Lo que sí le dije esa vez fue que no podía vestir a Sushi de esa forma, me hacía acordar a esas madres que visten a sus hijos gemelos con la misma ropa, se lo dije en un momento del paseo en que nos cruzamos con un jardín de infantes y los nenes en lugar de mirar a los monos lo miraban a Shao Mien.

—Esto pasa porque lo vestís como a un buda.

—Ese e prejuicio de ti. A mí guta color naranja, qué problema hay.

—Será mi prejuicio pero también el de unos cuantos más, Yini. Raparlo y ponerle remeras naranjas es como ponerle tiradores y zuecos de madera a un rubio de ojos celestes. O como a los nenes judíos que ya de chicos les encajan el sombrero y las trencitas. Cuando sea grande que se vista como quiera pero de chico hay que vestirlo con ropa normal, si no es obvio que lo van a mirar como si fuera de otra galaxia.

—¿Y qué e normal? ¿Pongo alpargata y poncho?

—Sabés de lo que te hablo. Mirá cómo te vestís vos, un jean, una remera, eso es normal.

—Me falta gorrita beiball.

—Bueno, igual me parece mal que lo mandes a un colegio chino, estamos en Argentina y él tiene que aprender castellano.

—En ecuela aprende castellano. Ademá me tiene a mí y tiene televisión.

—En la televisión ve programas chinos y vos lo sabés. Igual esa es otra cosa que me parece mal, yo no creo que sea bueno que Sushi vea tanta tele, tampoco que juegue tanto a la Playstation.

—Como padre tú no ere mejor ejemplo.

Si antes de conocer a Yintai me hubieran dicho que tenía un hijo no habría tenido ganas ni de encontrarme con ella, una mujer divorciada y para colmo con un crío me parecía una mujer acabada, una vieja, ahora en cambio no me podía imaginar junto a una que no fuera madre, ser nada más que un novio para ella me parecía lo mismo que ser un taxi boy, apenas un juguete, será por eso que me pareció de lo más natural que esa tarde Yintai me aceptara como un padre aunque sea imperfecto de su hijo.

Ver a los animales rogando por comida nos abrió el apetito, para mí que todo es parte de la misma estrategia, a los bichos los matan de hambre para que rueguen por la comida que los visitantes deben comprar en el zoológico mismo y para que de tanto verlos masticar les agarre hambre a ellos también y se sienten en Cómo lo como, un restaurante que extendía su talento creativo para los nombres incluso a las hamburguesas, la que se pidió Sushi por ejemplo se llamaba Hipopótamo, tardé un rato en explicarle que no tenía nada que ver con el dragón jubilado y oloriento que habíamos dejado afuera. Pero más allá de esta lección en materia de mal gusto, qué cosa en un zoológico lo es del bueno, fue una salida lo que se dice lograda, redonda, de esas que yo no pude disfrutar de chico, tal vez Yintai y Sushi tuvieran mejores recuerdos pero yo al menos nunca hasta ese día había tenido la oportunidad de comprobar que salir en familia podía ser una experiencia tan armónica y feliz.

El casamiento chino (antes)

Yintai estaba invitada a prácticamente todos los casamientos de la comunidad, las novias que le encargaban sus vestidos la invitaban por compromiso y las que no podían pagarse ese lujo la invitaban para que los otros pensaran que sí, ella igual no iba a ninguno porque decía que se emborrachaba y al otro día no daba puntada con hilo, yo le había enseñado la expresión correcta pero ella se obstinaba en usarla al revés. Por esos días llegó una de estas tantas tarjetas inútiles y haciendo una excepción a la regla Yintai decidió ir conmigo, según ella porque los que se casaban eran amigos de la casa pero yo sabía que lo hacía por mí, por mí también dejaba de trabajar una hora antes todos los días y por mí se había tomado libre aquella tarde para ir al zoológico, la primera tarde que se tomaba libre desde que había llegado a Argentina, alguna vez le pregunté cómo se decía vacaciones en chino y dudó mucho antes de contestar.

—¿Sabés que el casamiento chino es un juego que yo jugaba de chico en los asaltos?

—¿En lo qué?

—En las fiestas. Las chicas se encerraban en una habitación y los chicos iban entrando de a uno, se arrodillaban frente a la chica que les gustaba y recibían un beso o una cachetada. Después los que se encerraban eran los chicos y las que entraban y se arrodillaban eran las chicas. Casi todos los chicos terminaban con los cachetes rojos y no de rouge. Las chicas en cambio sólo recibían besos, así es como acá malacostumbramos a las mujeres desde chiquitas.

—Me parece voy a motrar toda ceremonia, no sólo fiesta. Va ver que no tan ditinto de lo que jugar tú de pequeño.

Tal vez porque como arqueóloga todo tenía para ella su razón de ser, Yintai le encontraba justificación a cualquier uso de la palabra chino, incluso expresiones que yo ni conocía y que me parecieron de lo más salvajes como no tirarle un gollejo a un chino, que significa ser cobarde, o tener un chino atrás, que significa tener mala suerte, o engañar a alguien como a un chino, o sea engañarlo como a un boludo, incluso esas expresiones tan ofensivas respondían para Yintai a hechos históricos que más convenía estudiar que condenar. Acostumbrado como estaba a la familia de mi ex, donde cualquier mención de la palabra judío en boca de alguien que no lo fuera constituía un ataque antisemita hasta que se demostrara lo contrario, la liberalidad de Yintai me pareció al principio inadmisible, de hecho no pocas veces el que se ofendía como si fuera un chino era yo, pero luego ella me fue convenciendo de que tomarse a mal estos agravios folclóricos era tan absurdo como enojarse, ya de grande, por los chistes que nos hacían en la escuela. Para ella la corrección política era una forma del racismo, acaso la peor, estaba convencida de que ya nos tocaría sufrir las consecuencias de no soltarnos nuestros prejuicios en la cara y así liberar tensiones, también decía que cuando al fin toda esta melaza hipócrita estallara leer los libros que se escriben hoy nos iba a provocar el mismo malestar que ahora nos provocaba leer los tramos racistas en libros de hace cien años.

—La verdad no ofende.

—Pero no es verdad que tener un chino atrás traiga mala suerte.

—Mentira ofende meno todavía.

El tiempo dirá si Yintai tenía o no razón respecto a la corrección política de nuestra época, con el casamiento chino por lo pronto no parecía estar muy errada, consiguió que la familia nos permitiese asistir a la ceremonia desde su inicio y así yo tuve la oportunidad de comprobar que presentaba claras semejanzas con la tortura china a la que jugaba de chico. Siguiendo la tradición, o eso es lo que me dijeron, yo en su lugar estaría muy tentado de traicionar la credulidad de los extranjeros con ritos inexistentes y presuntas costumbres milenarias, siguiendo la tradición el novio fue antes de la fiesta y junto a su cortejo a la casa de la novia, la novia no lo dejó entrar y el hombre tuvo entonces que hacer todo tipo de declaraciones amorosas e incluso pasar sobres con plata por debajo de la puerta mientras que desde adentro se burlaban de él, yo entendía que todo era una actuación pero igual me daba un poco de lástima, los vecinos que justo pasaban por ahí también se quedaban mirando entre divertidos y horrorizados, la puerta estaba decorada con un signo rojo de la suerte. Luego de mucho rogar y de mucho pagar el novio al fin fue admitido dentro de la casa, para ese entonces la novia se había encerrado en su cuarto y el novio reinició el regateo frente a una nueva puerta, todos parecían divertirse enormemente con este simulacro de conquista amorosa pero a mí la situación me recordó la angustia que sentía durante el casamiento chino antes de entrar al cuarto de las mujeres, por esa época Vanina siempre me recibía con una cachetada, supongo que en este caso el pobre tipo tuvo más éxito.

Después de reconciliarse, los novios tomaron té con los padres de ella y los padres de él, por cada taza recibían un sobre rojo con caracteres chinos, Yintai me dijo que esos mismos sobres se usaban para hacerse regalos el día del año nuevo chino o cuando se quería sobornar a un político, de hecho al Comité central de inspección disciplinaria se lo llamaba coloquialmente El correo de los sobres rojos, también me dijo que la cantidad de billetes que traían adentro debía coincidir en estos casos con algún número de la buena suerte, el más común era ochocientos ochenta y ocho porque ocho suena en chino igual que riqueza, o el triple seis aunque acá sea el número del diablo, cualquier cosa menos el cuatro porque cuatro suena igual que muerte y es un número tan temido como entre nosotros el trece, parece.

—¿Y vos creés en esas pavadas?

—Yo y mucho otro. Demasiado para decir tú que es pavada.

—Yo no creo en eso.

—Mentira. Tú creer que no creer, nada má. Si hubiera traído sobre seguro ponía dinero número redondo. ¿Y por qué número redondo? Por superstición que número redondo no superticioso. En fondo e mimo, pero sin gracia. Yo hablar horas de número chino, tú no poder decir ni por qué festejar cambio de siglo.

—¿Sabés cómo se dice noventa y nueve en chino?

—¿Eh?

—Nada, una boludez.

Es cierto que a Yintai le gustaba hablar de números, ella fue la que me explicó a qué venía el 108 de los mantras, mejor dicho a qué no venía, porque no tiene nada que ver con que los Upanishads originales hayan sido 108 ni con el hecho de que 108 multiplicado por 20 dé el número de años que consume el equinoccio en cada sector zodiacal ni con la circunstancia más escalofriante aún de que la distancia entre el sol y la tierra equivale a 108 veces el diámetro del sol, también me enseñó a contar hasta diez con una sola mano, mientras que nosotros necesitamos la segunda después de llegar al cinco ellos tienen unos signos raros para seguir sin ayuda, raros porque para nosotros significan otras cosas, el seis se forma con el gordo y el meñique como cuando queremos indicar que hablamos por teléfono, el siete es como nuestro signo de ¿qué decís?, para el ocho hay que poner los dedos en forma de revólver, el nueve es como pedir un café en el bar y para el diez hay que cruzar los dedos como cuando se desea suerte o se dice una mentira.

Historia del chino que quería comprar 6 medialunas y terminó llevándose 10 (Breve alegoría sobre el choque de culturas, pero con final feliz)

Un chino entra a una panadería, señala las medialunas y pide, con la mano pues no sabe español, llegó al país hace unos meses, media docena. Sorprendido y molesto por lo que considera un pedido insólito, al fin y al cabo la ciudad está llena de cabinas, locutorios y celulares, el panadero le alcanza el teléfono.

—Pero que sea cortito —gruñe.

El chino, que justo tenía un llamadito que hacer, acepta sorprendido y modesto lo que considera un ofrecimiento insólito para una ciudad donde, según sus primeras impresiones, te tirás un pedo y hay un locutorio, pero no encontrás un baño público ni cagando. Mientras marca, el chino agradece gentilmente con una sonrisa y un gesto liberal: pide siete medialunas.

—¿Y ahora qué querés? —lo increpa el panadero, imitando el gesto del chino, que en otras circunstancias le serviría a él para aludir al dinero o a la comida, espetarle al prójimo que tiene miedo o indicar que un lugar está repleto, pero cuya significación primigenia era esta, la que había aprendido desde la cuna, cuando lloraba y su madre, ya harta, le preguntaba a los gritos qué cazzo estaba tratando de decirle.

—Sí, sí, siete —parece tartamudear, naturalmente sin palabras, su problemático cliente.

El panadero alza más la mano en un gesto ya amenazante y el chino, de pronto temeroso de que el problema esté en el número elegido, tal vez sea de mal agüero, la verdad es que todavía no tuvo tiempo de aprender las supersticiones del país, tan importantes por cierto como reconocer las malas palabras o saber que la propina se deja sobre la mesa, pide ocho. El panadero, pálido de pánico, retrocede. En su precipitada huida de medio paso sacude la estantería, el piso se salva por un pelo de convertirse en un mar de flautitas y miñoncitos.

—Llevate todo —levanta las manos—, llevate todo pero no me mates.

—No se asuste, perdón, si no quiere ocho deme nueve —da entender el chino con su mano derecha.

—Ah, bueno —recupera el panadero su indignada dignidad—, primero querés el teléfono y ahora un cortadito. ¿Algo más?

—¿Hola? ¿Quién es? Hable. ¡Hable! ¡Pero por qué no te metés el tubo en el orto y hacés palanca la reconcha de tu madre! —se oye desde el teléfono, naturalmente en chino, la traducción es aproximada.

El chino cuelga el teléfono y junta las manos en la cintura. El argentino se yergue y también junta las manos en la cintura. El chino y el argentino se miran en silencio. Me parece que no nos estamos entendiendo, piensan al unísono, cada uno en su idioma.

Es entonces que la Gran Computadora, la machina ex deus, produce el milagro: cada uno domina el idioma del otro.

—Bueno, entonces hacemos nueve —sugiere cortésmente el panadero en chino.

—Que sean diez —replica generosamente el chino en castellano.

El panadero dispone las facturas en forma de pirámide, entrega el paquete de papel reciclado, anuncia el importe correspondiente.

—No traje la billetera, mañana se lo pago —se disculpa el chino cruzando los dedos de la mano derecha a sus espaldas.

—No hay problema —le fía el argentino.

Cuando el chino se da vuelta, el argentino ve que lleva los dedos cruzados en la espalda, lo toma como una amistosa alusión al Diego y agradece, emocionado, la existencia de códigos transnacionales que nos hermanan más allá de las lenguas y las leguas.

El casamiento chino (después)

Impaciente esperé el fin de la ceremonia religiosa, si en castellano es aburrida en chino es directamente insufrible, además
quería vivenciar el momento en que le tiraran arroz a la pareja,
se me ocurría que ver a los chinos practicando una de esas
costumbres suyas que la cultura occidental había adoptado
incondicionalmente iba a ser tan emocionante como, no sé,
observar a un italiano preparando pizza si no lo tuviéramos a
la vuelta de la esquina o ver a un brasilero sambar si no nos
provocara esa mezcla malsana de respeto y rencor. Para mi
sorpresa sin embargo nadie tiró arroz, le pregunté el porqué a
Yintai y ella me explicó que esa costumbre sólo estaba vigente
en ciertas partes de China y que de todas formas nunca había
significado abundancia ni ninguna de esas interpretaciones que
le dábamos nosotros, el motivo era entretener a las gallinas
para que no picotearan el vestido de la novia, al parcccr son
bichos muy proclives a la seda, entre los campesinos de algunas
regiones la estrategia seguía siendo más que una costumbre
una necesidad.

Después de la ceremonia la novia se cambió de ropa, del clásico vestido blanco pasó a uno rojo de corte más asiático, Yintai me explicó que se llamaban kipao, luego volvió a cambiar por otro que ya tenía firuletes dorados y dragoncitos en relieve, indumentariamente el casamiento parecía haber empezado en Buenos Aires y terminado en Pekín, en todo caso una suerte para Yintai, con costumbres como esas nunca se quedaría sin trabajo. Los hombres por su parte llevaban todos algo rojo, yo mismo tenía una corbata de Lito de ese color por indicación de Yintai, a los chinos les fascina el color rojo, no por nada allá pegó tan fuerte el comunismo, además rojo más amarillo da naranja, el color de los budistas. Me sorprendió ver que la mayoría vestía con notoria elegancia, si voy a ser sincero hasta el momento no creía que el buen gusto en el vestir estuviera entre los preceptos enseñados por Confucio, un alivio comprobar que eso de andar en camiseta y mocasines era una elección estética pero que si las circunstancias lo exigían podían vestirse con decoro y hasta diría con estilo, creo no exagerar si aseguro que pocos blancos lograrían darle a un frac tanto garbo como un chino peinado a la gomina.

Entre los chinos atildados estaba el traductor del juicio de Li, el único traductor oficial chino-castellano del país y culpable en parte de que Yintai se hubiera dedicado a la costura y no a una actividad más intelectual, según ella nadie más que este tal Weng estaba autorizado en Argentina a otorgar el título de traductor público del chino y aunque hacía quince años que presidía la cátedra correspondiente no había hasta el momento una sola persona que hubiese logrado aprobar los exámenes finales, si yo sospechaba que eso tenía que ver con que cobraba cien dólares la hora de trabajo y no se moría de ganas de tener competencia era bastante probable que estuviera muy cerca de lo cierto. Igual a mí no me preocupaba lo que hiciera el chino ese como profesor, ya bastante conocía su ineptitud como traductor para que me sorprendiera cualquier otro chanchullo suyo, lo verdaderamente inquietante era la posibilidad de que me reconociese, si antes había implorado que vinieran a rescatarme ahora lo último que quería era que nadie supiera dónde vivía, mi mundo era en ese momento Yintai y para protegerlo yo hubiese mandado construir una muralla que se viera desde la luna.

—¡Hola, amigo! —me encaró Weng a pesar de que yo hice todo lo que pude por evitarlo—. ¡Gusta mí hablal uted lengua Celvante!

—Yo no hablo la lengua de Cervantes. Nadie en Argentina la habla.

—¿Eh? Sí, sí. ¡Chin chin! ¡Ja ja! ¡Chin chin!

Hablando con Weng, lo cual es sólo una forma de decir, como Weng no me entendía se limitó a monologar, en menos de media hora ya me había contado la historia de toda su familia, sin muchos ambages me dio a entender que en China él no tenía ni estudios y que acá por esos azares de la vida había terminado siendo un hombre importante que cenaba en lo del embajador, según su experiencia Argentina era un país muy generoso con los extranjeros aunque en su opinión ya era suficiente, si no queríamos hundirnos en la barbarie iba siendo hora de cerrarle las fronteras a los asiáticos; hablando con Weng, que parecía haberse acercado a mí porque yo era el único con quien podía practicar la lengua que él llamaba de Cervantes pero que en su caso no llegaba ni a la de un manual de instalación de Windows, hablando con Weng al fin entendí la estrategia de Li, tarde pero seguro se me hizo evidente que me había escondido en el barrio a sabiendas de que nadie ahí puede distinguir a un blanco del otro y a sabiendas además de que la policía nunca entraba porque no tenía nada que buscar, o mejor dicho nada que encontrar, con excepción de los nenes y de las mujeres vestidas como tales para un policía argentino cualquier chino podía ser Li.

—¿Y qué piensa del juicio a Li? —busqué llevar a Weng a la situación extrema que ya no le permitiera ocultar que me conocía o que confirmase definitivamente mi hipótesis de que nunca supo con quién estaba hablando.

—¿Li Fosfolito? —Me miró extrañado—. Oh, leyes acá muy... En China a Li... —Y entonces Weng se cortó el cuello con el dedo, seguido lo cual se ahogó en sus propias carcajadas.

La otra posibilidad que se me ocurrió hablando con Weng era que tanto él como el resto de la comunidad estuvieran actuando en connivencia con Li, que todos eran parte de una gran conjura al mejor estilo de la Tríada oriental, pero ni bien entendí que la hipótesis debía forzosamente incluir a Yintai decidí descartarla de inmediato, antes que enterarme de que ella era un agente que sólo estaba conmigo para vigilar que no escapara hubiera preferido practicarme un harakiri con los huesitos del cerdo que nos sirvieron de primer plato. Pensar en estas cosas me recordó que hacía semanas que no veía a Li, también me enfrentó a mi promesa incumplida de ayudarlo en su coartada, por suerte el sake me permitió olvidarme prontamente de él y de todas mis teorías conspirativas, el sake y los otros entretenimientos, empezando por la guerra de zapatos, así como en los casamientos húngaros el novio usa un zapato de la novia para brindar parece que entre los chinos es costumbre tirar ese mismo zapato desde lo alto, en realidad sólo ese pero al menos en este caso todos empezaron a sacarle un zapato a sus mujeres y no sólo para tirarlo desde lo alto sino con objetivos precisos, por unos diez minutos la fiesta se transformó en un campo de batalla, mucho más demoró remover los cadáveres de cuero. Pero también hubo entretenimientos más civilizados, un mago por ejemplo que transformaba cualquier cosa en dinero, empezó transformando servilletas en billetes pero terminó usando las cadenitas de las señoras, el problema es que lo que salía en billetes de su mano era bastante menos de lo que hubiese costado comprar esas joyas en una casa de empeños, alguien se dio cuenta y casi lo linchan, después supimos que era parte del chiste. Más tarde se presentó un grupo de geishas que hizo una obra de teatro, bastante estúpida por cierto, hasta yo la entendí, después del pescado vino el plato fuerte de la noche y fue una vez más y como no podía ser de otra manera el karaoke, horas se pasaron karaokeando, es decir nos pasamos, por qué negarlo, si no puedes callarlos canta con ellos.

Chinos en tránsito
(Apuntes para una teoría psicoantrocultuecosociológica de la inemigración)

El casamiento chino, o acaso mis estelares interpretaciones de «Yesterday» y «Mi Buenos Aires querido», me abrieron el camino al corazón del barrio y sus habitantes, hacía semanas que no salía de su perímetro pero fue recién después de la fiesta que la gente comenzó a saludarme en la calle, eso me dio la oportunidad de conversar con ellos y conocer las historias familiares de cada uno, enterarme de lo que extrañan de China y de lo que les parece que extrañarán cuando se vayan de acá. Porque si en algo parecen coincidir casi todas las historias es en eso, empezaron en regiones más o menos marginales de China y se desarrollaron con mejor o peor suerte de este lado del mundo pero casi todas tienen el mismo final feliz fuera de Argentina, lo que para otros podrá ser la casita en las afueras o incluso el retorno a la patria querida en su caso está siempre en Chinatown, Nueva York. Es ahí donde según me dijeron nació la comida que se conoce como china en todo el mundo y que ningún chino sedentario sabe cómo preparar, para los que están en el sector gastronómico la escala en algún suburbio latinoamericano se convierte por eso en una oportunidad inmejorable para aprender la versión foránea de su comida autóctona, ningún oriental neoyorquino emplearía en su cocina a alguien que no sepa preparar un pollo con almendras o un chao fan.

—El único lugar en China donde se consigue lo que ustedes llaman comida china es en el restaurante de los hoteles para turistas —me explicaron—, y siempre preparada por chefs que nacieron fuera del país.

También los comerciantes aprenden acá todo lo que tienen que saber para triunfar allá, las baratijas made in China que venden en sus negocios sudamericanos se fabrican en realidad según los patrones del mercado estadounidense, los laowai del norte son los que deciden qué cosas chinas les gustan a los laowai en general, de otra forma no se explica que los budas gordos tengan tanta presencia en países donde el popcorn y los pancakes no forman parte de la dieta vernácula. Buenos Aires, Lima, Quito, Bogotá, todas las ciudades del Río Grande para abajo no son para los chinos más que escuelas de formación, llegan a ellas como soldados rasos a un campo de entrenamiento y se foguean en sus respectivas especialidades durante años para luego servir al Imperio tal como sus antepasados sirvieron al emperador.

—Acá se hacen muchos experimentos —me contaron—. Así como Estados Unidos prueba sus armas de destrucción masiva en el Lejano Oriente, su población oriental prueba con nosotros nuevos platos autóctonos y juguetes de relajación.

Esto explica por qué cada restaurante chino prepara el chao mien a su manera y por qué todos los comercios venden exactamente las mismas baratijas pero a precios tan distintos que cualquier pícaro podría armarse su propio puestito comprando productos en los negocios baratos y cambiándolos en los caros, en serio que por lo que vale un buda de un lado de Arribeños se consiguen dos abanicos del otro y por el valor de cada uno de esos abanicos cerca de la estación te llevás a media cuadra un masajeapies que en el primer negocio podés cambiar por al menos dos budas y vuelta a empezar, boleta total nunca le dan al que no se la pide y de la cara de un blanco no se acuerdan ni bajo amenaza de muerte. Esto de que vendan la misma mercadería a precios tan variables o sirvan platos cambiantes bajo el mismo nombre resulta incomprensible para quien ignore que se trata de principiantes haciendo sus primeras armas en los respectivos rubros, sus locales son como los auto-escuela que circulan por la calle sólo que sin cartelito de mantenga distancia, además de que estas prácticas los llevan tarde o temprano a confrontarse con la furia de los blancos y así se curten en sus prejuicios anti-amarillos, tan importante como llegar a Estados Unidos sabiendo todo lo que los laowai aman de los chinos es no ignorar hasta qué punto pueden también odiarlos.

El afán por irse a Nueva York acaba siendo causa de mucha frustración y no poco resentimiento contra el sitio que los retiene, en este caso Buenos Aires, la mayor parte de las familias hace años que están en el país y aún no terminan de pagar las deudas contraídas para entrar en él, ni hablar entonces de las nuevas que les esperan para seguir viaje hacia el norte. Pero también se encuentran muchos para quienes saber que Buenos Aires no es más que un puerto transitorio potencia su interés y su valor, eso al menos creo poder deducir de que ya se hicieron fanáticos de algún equipo de fútbol o les cuesta imaginar una vida sin las achuras de la parrilla, por cierto que uno de los últimos reductos de argentinidad en la calle principal del barrio.

—El barrio es como un circo —me ilustraron—. Tiene mucho color, está lleno de cosas raras y entretiene a chicos y grandes por igual. Pero aunque parezca eterno, como el circo para los nenes, no es más difícil de levantar que un par de carpas y casas rodantes. Cualquier día de estos la ciudad se distrae y acá vuelve a haber un descampado.

Extrañamientos

Ikebana Chou En-Lai
harakiri tobogán
camiseta Chang Kai-Shek panzón.
Mata Hari salpicón Honolulu Tucumán
walkie-talkie chimpancé ping-pong.

LES LUTHIERS

Las diez cosas que los chinos extrañan de China:

Los mapamundis con China en el medio
Los baños públicos de cuatro estrellas
Los budas caminando por la calle
Los semáforos para bicicletas
El tren con azafatas y agua hirviendo
Los andamios de bambú
Las comidas a horas tempranas
Las cremas para emblanquecer la piel
Los caballitos de mar con licor de lagarto
Las películas con Joey Wong

Las diez cosas que los chinos extrañarían de Buenos Aires:

Los mapamundis con Europa en el medio
La ausencia de carteles de prohibido escupir

Los hombres con pelos en el brazo
Las comidas a horas avanzadas
La cerveza fría
Las filas ordenadas donde nadie se cuela
La gente bronceándose al sol
El concepto de «sensación térmica»
La impuntualidad rigurosa
El capitalismo

44

Los demonios vienen para cobrarse deudas.

Li Hongzhi, *Falung Gong III*

—Ahora entiendo por qué te querés ir a México.

—Para etudiar mayas, ya hablamo.

—No, esas son excusas. Lo que vos querés es cruzar a Estados Unidos.

—¿Quién dijo?

—Todos lo dicen. Estuve hablando con tus paisanos y nueve de cada diez quieren irse a vivir a Nueva York.

—Eso enseñan decir cuando dan el gaolidai.

—¿El qué?

—Prétamo que dan mafioso para ello motrar que tienen plata cuando entran Argentina. Todo dicen vengo por un tiempo y depué voy Etado Unido, así no problema.

—¿Y qué problema les van a hacer?

—Ay, xiao-ai, chino no vienen poblar Patagonia, vienen robar trabajo. No pueden decir me quedo para siempre. Alguno quieren ir Nueva York, pero igual que alguno argentino quieren ir Miami. ¿Qué má dijeron a ti?

—Muchas cosas, ¿por?

—Porque son peligroso. Ahora que presenté a ti en sociedad ere novio oficial de mí y van tratarte con más repeto.
¿No dite cuenta?

—No, para nada.

—Qué raro.

—Bueno, sí. La verdad es que antes no me trataban y
ahora me saludan, me dan charla.

—La clásica, como tú decir. Pero cuidado. Lo único quieren e decuento con vetido de novia. Ello esperando oportunidad hacerte favor barato y depué cobrar caro mí.

—Me hace acordar a la familia de Vanina. Pero ahí lo que
querían era hacerte sentir culpa. Después te la laburaban para
sacarte favores.

—Hablando de otra mujer, aviso a ti que por haber etado con mí en público tú obligado a nunca motrarte con otra
chica. Otra chica china, si es laowai da igual.

—¿Sos celosa?

—Yo no, pero paisanas sí.

—¿Y qué me van a hacer tus paisanas?

—Matarte, probablemente. Y yo depué...

—Dessss-puessss.

—...yo desspuéss debo favor ellas, favor mucho grande.

—¿No era que la mafia china no se metía con los blancos?

—Yo no hablo mafia. Hablo cotumbre, costumbre, hablo
lo que hay que hacer. Como ayudar abuelo enfermo en la calle.
A novio que engaña hay que ayudar también, pero con cuchillo. Además, si está conmigo para nosotro ere como chino.

—Mirate vos. La clásica sería al revés, que vos seas una
traidora por estar con un blanco.

—Eso depende cómo salgan hijo, si salen chino...

—Bueno, che, despacito. Primero me desayuno con que haber ido al casamiento de otro es como haberme casado con vos y ahora ya me hablás de tener hijos.

—¿No quiere hijo con mí?

—Sí, bueno, puede ser, pero digamos que necesito tiempo.

—Yo también. Nueve mese.

—Muy gracioso.

—Voy a hacer caca.

—¡Qué asco!

—¿Asco qué?

—Se dice voy al baño, lo que hagas ahí adentro es cosa tuya.

—Ah, bueno.

—Tampoco me gusta que escupas, ya que estamos.

—Tú también escupir.

—¿Yo?

—Ya ni te da cuenta.

—Es lo mismo. Que yo escupa es una cosa y que vos escupas, otra. En una mujer queda mal. Yo entiendo que para vos es como respirar, pero queda muy feo.

—¿Algo má?

—Algo mássss, sí. No me gusta que uses para comer los mismos palitos que usás para hacerte los rodetes.

—Entoncess tú depilass pecho.

—¿No te gusta el pecho peludo?

—Ni poquito.

—Problema tuyo. Si querés un lampiño buscate a un paisano. Yo, pechito argentino.

—Tampoco gusta que haga pis de pie, ensucia todo. No cueta nada sentarte.

—¿Como una mujer? Jamás. Y hablando de eso, vos podrías bañarte más seguido.

—No, hace mal piel. Y tú quiero camine mi izquierda en la calle. Y que no suene nariz, e aco, es asco. Y aprender un poco chino para cuando conozca mis padres.

—¿Algo más?

—No. Ahorita no ocurre nada.

—Me quedé pensando en eso de si me ven con otra. ¿Qué pasa si a la que ven con otro hombre es a vos?

—Nunca van a ver a mí con otro.

—No seas tonta, a cualquiera le puede pasar que alguna vez se caliente con un tipo y...

—Dije nunca van ver, no nunca voy etar con otro hombre.

—Hacete la pícara vos.

—¿Te guta?

—Sí, me guta. Dame un beso.

—Agarrame.

—Vení acá.

—Lin-doh.

45

y agradezco a mis númenes
esta revelación de un laberinto
que nunca será mío.

J.L. Borges, *El Go*

—Ese ahí es mi Lao-shi.
—Ah, mirate vos.
—Es mi maestro de chino. Lao-shi significa maestro.
—Ah, no digas.

Había ido con Lito a un torneo de Go en el club taiwanés, pensando quizá que me hacía un favor me presentó a otro argentino que andaba por ahí y desde entonces que tuve que soportarlo a mi lado mientras miraba a la gente mover fichitas. El flaco se llamaba Federico aunque según él todos lo conocían por su nombre chino Tcheng, yo igual no vi a nadie que le dirigiera la palabra ni de una forma ni de la otra, lo cual me incluye, pero ni falta hacía, sin que nadie le preguntara él contaba de sus viajes a China, de sus progresos en las artes marciales, de sus comidas favoritas y de lo difícil que es aprender el mandarín. Más chino que Fu Manchú, que no era chino sino inglés, más chino aún que el juego de los palitos chinos, que en realidad es europeo, más chino incluso que la confitería Los Dos Chinos, que es de un italiano, estoy seguro de que este nabo usaba los palitos hasta para sacarse los mocos y se descalzaba incluso al entrar en las cabinas telefónicas, si andaba con poca saliva comía chicle a fin de producir algo que lanzar desde la boca y aunque tuviera dónde sentarse seguiría mirando la televisión en cuclillas, que es lo primero que dejan de hacer los chinos cuando conocen lo que es un buen sillón. Entre sus desquiciantes manías la más insufrible era la de mechar términos en chino, cada cinco palabras una no se entendía, no se entendía ni siquiera que era una palabra china, tan mal las pronunciaba que uno siempre escuchaba algo parecido a una palabra castellana y hacía sus interpretaciones, dicen igual que uno escucha la primera sílaba y el resto se lo inventa solito. Su otra tara importante era la gestualidad, como esos infradotados que se visten a lo indio y piensan que por hacer yoga van a escapar al karma de su propia estupidez este falso chino creía seguramente que por copiarles los gestos a los monjes budistas lo iban a nominar para el premio Nobel de la paz, hablaba lento y siempre con un principio de sonrisa en los labios pero no era necesario ser muy perceptivo para adivinar que detrás de ese amor filantrópico sólo había odio contenido, me juego una pierna a que si alguien se le colaba en la fila del supermercado enseguida le salía el cavernícola de adentro y hacía una masacre.

—Ni jao ma, Lao-shi. Le presento a Ramiro gong.

—Mi apellido es Valestra.

—No, *gong* significa señor. Sólo que en chino va a al wan-jie, o sea al final. En chino es todo al revés, ¡ja ja ja!

El maestro me extendió una mano, blandita como la de una princesa, luego se inclinó varias veces y me dijo algunas frases supongo que de cortesía, al igual que su discípulo parecía haberse comido un manual de formalidades chinas aunque no tardó en revelarse como una versión perfeccionada del mismo, lo que en el argentino era una mezcla defectuosa de inseguridad e idiotez en el chino era la más pura y lograda presunción doctoral, aparte del clásico bigote chinesco con barbita al viento y los anteojos de rigor estaba vestido con una larga toga negra y llevaba algunos libros debajo del brazo, yo creo que le ponían cualquier cosa parecida a un pizarrón detrás y ya se mandaba a dar clases. Pero las apariencias se volvían en su contra ni bien abría la boca, por muy bien trabajado que tuviera su papel de hombre de letras lo cierto es que hablaba el castellano peor que los comerciantes más brutos del barrio, su estrategia para disimularlo era poner cara de estar pensando en cosas demasiado importantes como para detenerse a acentuar correctamente las palabras, pegarle a los artículos o buscar las preposiciones que correspondiesen, de ese trabajo sucio se encargaba seguramente su secretaria. Según me contó sin que nadie le preguntara había venido de Taipei a Buenos Aires a fin de estudiar a, entre otras cosas, porque todo lo que hacía era sólo una parte de algo más amplio, de hecho la parte que menos le gustaba, pero qué era un pequeño sacrificio personal medido con el bien académico en su conjunto, según dijo estaba estudiando al célebre Grupo Buenos Aires de Shangai, un cónclave literario que se había puesto ese apodo hacía algunas décadas porque sus integrantes, oponiéndose al dictamen del Partido de ocuparse exclusivamente de temas chinos, se habían volcado a una literatura menos comprometida, incluso fantástica, que en su mayoría ocurría del otro lado del mundo y en no pocos casos precisamente en Argentina. Este grupo de rebeldes, liderado por el escritor Zhang-Ru, un apellido muy sugerente me explicó de pasada el taiwanés pues *ru* significaba carne, yo debía imaginar que era como si un escritor argentino tuviera la palabra arroz en el apellido y fundara el Grupo Shangai, ¿no me parecía de lo más curioso e interesante?; el grupo de rebeldes anticomunistas se había extinguido hacía un tiempo (su líder era ahora un exitoso miembro del Partido) y para que no ocurriera lo mismo con sus obras, aunque según el maestro se lo merecían, si las leía era sólo por obligación, triste la vida del académico, para que las obras no se extinguiesen como el grupo y como su líder él estaba preparando una edición crítica de las mismas. Las obras eran básicamente tres, siguió aleccionándome, una que se llamaba *Las coplas del señor Rodolfo M.* de un tal Wu, una serie de pequeñas historias y aforismos tan mediocres que la única forma de darles alguna gracia fue ponerlos en boca de un gaucho sabio; después estaba *Una novela argentina* de Po-Fu-Chan, que es la historia de un gaucho gay que cría a un indiecito para hacerlo su esclavo sexual pero cuando el chico tiene edad de servirlo Pu-Toh (así se llama el gaucho) se da cuenta de que lo que en realidad le gustan son las vacas; y por último estaba *La mujer en la toldería* de Lai Ts Chiá, una historia de Argentina en clave gauchesco-pornográfica con muchos pasajes de mal gusto (por ejemplo aquel en que el autor cita uno de sus libros anteriores) pero con una frase memorable: «Cuán grande es el parecido entre un Maestro de verdad y un loco. La única diferencia consiste en que uno es un loco y el otro un Maestro».

—Tlapajo intalasante mucha ¿eh?

—Sí, sí, interesantísimo.

El maestro siguió hablando de dragones perdidos, lo único positivo de su verborragia era que aplacaba la de su alumno, yo trataba de no escucharlo pero ya se sabe cómo es esto, nos pusieron oídos pero se olvidaron de darnos algo con qué taparlos, en vez de un apéndice que no sirve para nada podríamos venir con párpados en las orejas, por suerte el iPod corrige la obra de Dios. Para distraerme estudiaba las partidas de Go, es admirable cuán complejo puede ser un juego de leyes tan simples, un par de fichitas y un tablero cuadriculado bastaban para que hombres y mujeres de todas las edades estuvieran pegados a sus mesas durante horas, intuyendo quizá mi fascinación el maestro trató en algún momento de captarla para sí dando cátedra sobre la historia del Go y, duele admitirlo, lo logró. El juego, que según el maestro sería redundante calificar de milenario, cualquier cosa china lo es, ser milenario en el Imperio del Medio es como ser negro en Ghana o petiso en Bolivia, pura fatalidad, lo mismo que ser millones o ser eternos, en China todo se mide con seis ceros como acá en la época de los Australes y todo es para siempre, por algo el idioma chino no tiene tiempos verbales; este juego milenario se llamaba en realidad Weiqui o Juego del encierro y constaba de dos peculiaridades que lo distinguían de todos los otros juegos de mesa, la primera era que ninguna partida de Go se ha jugado ni se jugará dos veces en la historia de la humanidad pues a diferencia del ajedrez las posibilidades de combinación de fichas era virtualmente infinita y la segunda, también a diferencia del ajedrez, era que el Go pasaba por ser el único juego en el que todavía las computadoras no habían vencido al hombre.

—Pelo yo, eh, yo sabel, computadol, sí.

—¿Usted sabe qué?

—Yo, eh, ploglama, gana, homble.

—¿Usted sabe cómo hacer un programa de computadora que le gane al hombre?

—Oh, sí, sí, sabel, yo.

Los académicos son muy celosos de sus ideas, tanto más celosos cuanto menos les importan al resto del mundo, pero a la vez la tarea de custodiar sus inútiles secretos los hace tan solitarios y desgraciados que por un poco de atención son capaces de revelarte hasta la clave de su caja fuerte, por eso o simplemente porque desconocía o subestimaba mis conocimientos en la materia el maestro me explicó al detalle cómo debía verse un programa que pudiera vencer la mente humana en el juego del Go. Según su humilde parecer, las computadoras cometían el error de todo principiante, esto es, atacar desde el primer movimiento y tratar de comerse todas las fichas del adversario en la menor cantidad de tiempo posible, el jugador experimentado sabía en cambio que lo importante era saber defenderse, su estrategia era multiplicar los frentes y perder primero en algunos para ganar en los otros después. Acostumbradas a calcular todas las posibilidades y elegir el camino más rápido al éxito, las computadoras no lograban entender que en este juego era mucho más importante decidir dónde perder que dónde ganar, como un adúltero que confiesa una infidelidad para ocultar otras mil acá se trataba de llevar al oponente hacia el sector del tablero donde uno sacrifica las fichas que recuperará con creces en el otro. Como las fichas tenían todas el mismo valor y las combinaciones dentro del tablero eran inabarcables, la potencia matemática de la computadora no alcanzaba para saber si un movimiento era bueno o no, de ahí que según el maestro sólo un software que pensara en contra de las leyes que rigen a un software, sólo un software defectuoso estaría en condiciones de oponerle resistencia al hombre frente a un tablero de Go.

—¿Entienda?

—Más o menos.

El maestro siguió hablando, yo sin embargo creía ya haber encontrado la solución: puesto que crear un software imperfecto era tan improbable como crear un humano perfecto, la clave estaba en desarrollar un software humano, es decir un software que tuviera dentro de sí mismo muchos otros software que no lo dejaran funcionar de forma eficaz, algo así como virus internos que al modo de traumas de niñez o inconvenientes congénitos lo obligaran a dudar y a autoboicotearse, a hacer las cosas a veces sin saber por qué las hacía y a confiar por momentos ya no en sí mismo sino en el azar. Lo bauticé GO, por Gran Ombre, y ocupa el primer puesto en mi lista de las cosas que jamás concretaré.

46

—¿Entendés la idea?

—Entiendo que es una mierda.

—Te aviso que es bastante mejor que todas las pelotudeces que se te ocurren a vos.

—Eso no es ningún mérito.

—Ahí tenés razón. El verdadero mérito es que con un programa así nos llenamos de plata.

—¿Quién es nosotros?

—Vos y yo, quién va a ser.

—Lo que yo me pregunto es qué va a quedar de ese nosotros como hombres si seguimos desarrollando programas de computación que humillen nuestra capacidad cerebral.

—A mí una máquina que me gane al Go no me humilla. De última fui yo el que la inventó. Es como que un hijo te gane al fútbol. Un orgullo.

—No podés ser tan inocente como para creer que inventás a tus superiores. Lo que inventás es tu propia inferioridad. Ahora te parece un juego, pero cuando te quieras acordar el mundo estará dominado por las máquinas y vos vas a jugar a la Playstation encerrado en una jaula del zoológico. Porque en algún tiempo también nosotros sólo éramos un invento de los monos, y mirá cómo terminaron los pobres simios. La evolución es eso, un juego, gana el que le toca cerrar las puertas del zoológico desde afuera.

—La evolución en tu caso sería que dejes de fumar ese polvo negro que te deja negro el pensamiento.

—No metas mi adicción en esto. El opio es sólo un acelerador de procesos. Concentra toda la felicidad que me queda en este mundo y después me manda al otro, salvándome de la angustia y la tristeza y todos los males del cuerpo. Los hombres tenemos la misma proporción de líquido en el cuerpo que de veneno en el alma. Lo que hace el opio es destilar lo poco sólido que vale la pena haber vivido, qué importa después que te deje seco como una pasa de uva.

—Pero lo importante es justamente esa proporción, la cosa agridulce de todo el asunto. Vos como chino deberías saberlo mejor que nadie.

—¿Estás queriendo decir que la felicidad concentrada es un asco? Se nota que nunca tomaste drogas.

—Claro que tomé, pero midiéndome.

—La idea esa de la medida es muy occidental. Por eso acá son todos medianamente felices, medianamente infelices, medianamente medianos. Me deprime. El Tao, como decía Leslie, está en los extremos.

—¿Quién es Leslie?

—¿Cómo que quién es Leslie? Leslie Cheung, ¿nunca te hablé de él?

Una noche con Leslie Cheung

Oh, ve y pregúntale a ese río que corre hacia el este
si puede viajar más lejos que el amor de un amigo.

Li Bai

De repente pienso en Ho Po-Wing. Me siento muy triste.
Creo que los dos deberíamos estar aquí.

Tony Leung en *Felices juntos*, de Wong Kar-wai

Leslie Cheung era un cantante y actor chino muy famoso en
su país y al parecer en el mundo entero, Lito había tenido la
suerte de conocerlo personalmente a mediados de los noventa
cuando Leslie vino a Buenos Aires para filmar *Felices juntos*,
según Lito la película más triste y bella jamás filmada sobre
el amor entre dos hombres, la más tanguera además y las más
porteña aun cuando desde el director hasta el sonidista todos
fueran chinos. Justo ese año había empezado a trabajar en
televisión y por eso lo llamaron para hacer de extra, las esce-
nas en las que participó no quedaron en la edición definitiva
del film pero igual él sentía que ese había sido el punto más
alto de su carrera de actor, de no ser nadie a actuar junto a su
ídolo Leslie había una distancia tan grande que recorrerla en
tan poco tiempo ya era motivo suficiente para retirarse, cosa
que hizo, nunca más lo llamaron para filmar nada.

—¿Sabés lo que significa esperar años y años a que el teléfono vuelva a sonar y que el teléfono no suene?

—Me imagino que debe ser duro.

—Como caparazón de tortuga.

Al igual que todos los buenos actores, Leslie era inaccesible mientras estaba en el set de filmación, sumergido en su papel no emitía más palabras que las que debía pronunciar frente a la cámara, pero una vez que se apagaban los reflectores se abocaba casi con el mismo profesionalismo al descontrol más barbárico, Lito había tenido oportunidad de participar en una de sus noches voraces y podía decir que había sido la más larga y a la vez la más corta de su vida, la más larga por la cantidad de cosas que habían pasado en tan pocas horas y la más corta porque hubiera querido que no terminara nunca más. Fue en su último día de filmación de un total de tres, habían grabado en el Jardín Japonés y desde ahí se vinieron al barrio a cenar, ya eran casi las dos de la mañana pero igual les sirvieron comida, por atender a Leslie y a los otros cualquier chino hubiese dejado de dormir un año entero, todavía hoy los dueños contaban la anécdota. Del restaurante se habían ido al barrio coreano en el bajo Flores, por aquella época los coreanos no eran tantos como hoy pero ya traficaban opio boliviano y con eso les bastaba, paradójicamente fue a través de estos extranjeros que Lito conoció al que ahora era su *dealer* y también fue a través de ellos que había adquirido el vicio, fumar opio era por eso como volver al pasado, como ser joven junto a Leslie en una ciudad todavía extraña y creer una vez más que el futuro es una prolongación de la felicidad presente, no su tumba.

Ya entonados, con opio y también con algunos otros incentivos de corte más local, ante todo vino, según Lito chupaban como si en China no existiera la uva o todavía no hubiesen aprendido a fermentarla, para colmo vino del malo, les causaba gracia empinar un envase que ellos tenían asociado con la leche y los jugos de fruta; bastante puestos fueron entonces a una milonga gay de San Telmo, una novedad para Lito pero no así para los chinos, ellos estaban convencidos de que el tango era un baile gay y habían venido a filmar la película a Buenos Aires porque creían que los argentinos éramos esencialmente putos, de ahí nuestro gusto por los travestis, que fue lo que hicieron a continuación, levantaron a un par en la calle Godoy Cruz y se encerraron en el departamento de uno de ellos, Lito no, a él le tocó volver al barrio coreano en busca de más opio.

—Tenemos que ir un día al barrio coreano.

—¿Para qué? Cambiá los judíos por bolivianos y los restaurantes por talleres clandestinos de costura y te ahorrás el viaje.

—Tampoco es tan lejos.

—Una vez que te anquilosás en este barrio, todo lo que no está acá queda en la China.

Cuando Lito volvió del barrio coreano Wong Kar-wai y Tony Leung fumaban en la puerta del edificio, el primero era el director de la película y el segundo era coprotagonista junto a Leslie, otro actor chino conocido también como cantante, según Lito todos los actores chinos de cierta fama trabajan a su vez como cantantes, por eso los chinos practican tanto el karaoke, es la forma más barata y accesible de sentirse una estrella de cine. Mientras esperaban a que Leslie y el sonidista terminaran de saciar su curiosidad con los travestis, Kar-wai y Tony le explicaron a Lito que a pesar de las apariencias ellos eran hombres de lo más normales, ni siquiera eran gays, lo que hacían fuera del set era de alguna forma parte de la película, al parecer este Kar-Wai trabajaba sin guión, en lugar de imaginar una escena y luego buscarle locación él iba a un lugar y verlo le inspiraba la escena, o no, el departamento ese con los travestis por ejemplo no le había inspirado nada, tampoco la milonga, el tour debía continuar.

Leslie salió del edificio, siempre enfundado en su campera amarilla, prendió un Lemans y propuso que fueran a pescar, lo propuso con la soltura de quien sugiere rematar la noche en una cantina, sus colegas le insinuaron que era un poco tarde para eso pero él contestó que los peces no duermen. En la costanera descubrieron que tampoco los pescadores duermen, al menos media docena de trasnochados vigilaban sus cañas a la luz de los faroles a gas, Lito explicó que a esas lámparas se las llamaba sol de noche y Kar-wai se emocionó, ese tipo de cosas demostraban para él que el castellano podía ser casi tan poético como el chino. Consiguieron que uno de los pescadores insomnes les prestara una caña y en menos de diez minutos Leslie había sacado un pez que procedieron a asar y deglutir ahí mismo, Leslie propuso después que se bañaran en el río pero los otros alegaron que eso les podía hacer mal a la digestión, curiosamente el argumento logró disuadirlo.

Aprovechando que estaban en la costanera fueron luego a ver cómo despegaban y aterrizaban los aviones, de ahí caminaron hasta la cancha de River y Leslie propuso entrar y de hecho entraron, yo no le creería a Lito lo fácil que resulta meterse en ese lugar cuando es de noche y a uno lo acompañan tres chinos atléticos y temerarios, dentro del estadio vacío Leslie y Tony habían cantado a capela algunas canciones viejas que a Lito lo habían hecho lagrimear en silencio, también se pusieron a reproducir arias de óperas chinas, uno de los sueños de Lito era actuar en el papel del xiao sheng, un poco lo cumplió esa noche.

—Fue la última noche de mi vida.

—Ahora también es de noche.

—Pero ahora estoy muerto.

—Lo disimulás bastante bien.

—Para algo soy actor.

De la cancha de River habían pasado de nuevo al barrio, según Leslie uno de los más tristes que había visto en su vida, ni un techo combado tenía, y aunque era cierto que todos los barrios chinos del mundo tenían en común que olían a pescado, el de Buenos Aires era especialmente aromático, también especialmente sucio y tenebroso, él había viajado bastante y llegado a la conclusión de que los barrios chinos eran como embajadas invertidas, en vez de folletos turísticos y secretarias maquilladas mostraban al país tal como era, con sus cosas malas y sus cosas peores. Se tomaron el tren a Retiro y después el subte a Constitución, era para sacarles una foto las caras que ponían los madrugadores al ver entrar a esa pequeña horda de orientales excéntricos, inspirado por el público Leslie se puso a cantar y luego pasó un zapato a modo de sombrero, lo más gracioso fue que la gente le daba, no mucho pero lo suficiente como para invitar las medialunas, comieron sin Leslie porque él prefirió explorar otras partes del edificio, al parecer la fama de los baños de la estación había llegado hasta la China. Estaban a metros del hotel pero Leslie tuvo una última ocurrencia, ir al bingo de Congreso, ahí también había pescado un premio en menos de diez minutos, por primera vez en la noche Lito se atrevió a tocarlo y palmeándole la espalda le dijo que era el hombre más afortunado del mundo, Leslie le respondió con una sonrisa melancólica pero no se lo negó, unos años más tarde se suicidó en un hotel de Hong Kong.

—Cuando me enteré, estuve un mes sin hablar. Desde entonces que las palabras no me saben a nada, como el tofu.

48

Cuanto más lejos se viaja
menos se sabe.

Lao Tse, *Tao Te King* XLVII

Un día encontré las góndolas del minimercado de Juramento semivacías, los camioneros realmente habían iniciado el boicot contra los orientales, me pareció absurdo y lo demostré frente a la cajera, me puse loco a decir verdad, clásico argentino histérico que se queja a los gritos, los chinos me miraban como si no entendieran de qué estaba hablando pero entendían, seguro que entendían, pasa que prefieren pensar que llueve para no ver que los están meando, ellos a eso lo llaman budismo zen. Más tarde en casa discutí espantosamente con Yintai, mi bronca hacia los camioneros xenófobos se había vuelto en contra de sus paisanos, me parecía inadmisible que no respondieran a la afrenta, Yintai me preguntaba cómo se suponía que debían responder y yo le decía que pusieran solicitadas en los diarios, que marcharan al obelisco, que fueran a hablar con el presidente, cualquier cosa antes que quedarse de brazos cruzados, ella se reía, tuve ganas de abofetearla.

—¿Qué es lo gracioso?

—El chino ma viejo acá no tener ni veinte años cuando Mao. Pedir a él opinión propia o pedir rebeldía e como pedir a uno que no fue ecuela escriba carta explicando por qué no saber escribir.

—No se trata de un chino solo, ustedes acá son miles.

—Y allá millones, ¿y? No e cuetión número. Chino somo como kanji, todo junto lo cuerpo pero alma separada. No tenemo espíritu equipo, por eso buenos deportita chino solo, nunca campeone deporte de grupo.

A más tardar cuando sumó a sus argumentos el de la precaria situación legal de los chinos en Argentina tuve que admitirme que Yintai tenía razón, naturalmente nunca se la di, los argentinos tendremos más espíritu de equipo pero somos muy malos perdedores. Si bien para ese día había quedado con Chao en empezar a armarle la página web de su restaurante, hacía tiempo ya que comía de su mesa y sentía la necesidad de hacerme útil con algo, más allá de que le musicalizara las noches con mi iPod enchufado a sus parlantes, cosa que no sé si lo hacía del todo feliz; si bien ya tenía planes para ese día preferí descartarlos, discutiendo con Yintai me di cuenta de que me quejaba de los chinos pero bien a lo argentino no hacía nada por darles una mano, empezando por Li, ya iba más de un mes desde que me dejara el mapa y hasta el momento yo ni siquiera había sentido remordimientos por no usarlo. Saqué algunos billetes de la caja, nunca hay que confiar en un rehén, aunque en este caso era por un fin noble, y me fui a la ciudad.

Así como amo Buenos Aires por las noches, la detesto durante el día, más aún en verano, no es sólo la cantidad de gente y el ruido y el humo sino ante todo la luz, como los anteojos oscuros me marean estoy a merced del sol y sus reflejos lacerantes, será por eso que me sentía tan a gusto en el barrio, ahí las casas eran oscuras y las calles estaban al abrigo de los árboles, me gustaría con el tiempo desarrollar los ojos oblicuos de sus moradores para así protegerme mejor. Tras estudiar brevemente el mapa decidí tomar el tren a Retiro y empezar mi recorrido por abajo, mirándolo luego con mayor atención noté que las marcas estaban dispuestas a lo largo de la ciudad en un eje que iba desde el Once al sur hasta Floresta al norte, a lo ancho en cambio no había más que unas cuadras de distancia entre una y otra mueblería, reflexioné que la línea bien podía corresponder a la ruta de un camión de reparto que cubriese el sector céntrico en sentido vertical.

La primera mueblería estaba ubicada en Belgrano al 2.400 ó 2.500, la marca en el mapa no era demasiado clara, como la zona estaba repleta de locales de muebles temí no reconocer el mío, sin embargo resultó de lo más fácil, era el más nuevo y llamativo de la cuadra, cuando no de toda la avenida. Igual entré a cerciorarme, de ese lado la sensación volvía a ser no que ahí no había pasado nada sino que había pasado mucho pero bueno, quiero decir que el decorado impecable y la iluminación ultramoderna daban margen para la clásica sospecha de que se habían hecho incendiar el negocio para cobrar el seguro y así poder renovarlo. Confirmó mi pálpito el modo en que reaccionó la dueña cuando le pregunté si la suya era una de las mueblerías damnificadas, molesta y recelosa como si le hubiese hecho alguna propuesta indecente me dijo que sí con la cabeza y enseguida quiso saber quién era yo, pregunta que yo también hubiera querido saber contestarme.

—¿Yo? Yo... Yo soy periodista.

—¿De qué medio?

—Y, de un diario.

—¿Qué diario?

—Bueno, es un diario que todavía no salió. Pero va a salir.

—No entiendo.

—Es un diario... A ver cómo se lo explico. ¿Vio que los diarios están días y días con una noticia y de pronto se olvidan y es como si nada hubiese pasado? Bueno, nuestro diario quiere ocuparse de lo que pasa después. O sea va a ser un diario de noticias viejas, donde se traten todos los asuntos que los otros diarios dejan de tratar. Es un diario anti-amarillista. Por eso pensamos en el caso del chino Fosforito. Seguro que los medios ya no se ocupan de ustedes...

—Después del incendio todos querían hablar con nosotros y dos días más tarde ya no le interesábamos a nadie.

—¿Ve? De eso se trata.

Mi profesor de sistemas decía que la imaginación es la mejor arma que tienen los hombres para salir del paso, la única de hecho que las computadoras jamás podrán imitar, según él uno puede programar absolutamente todo menos ese momento mágico en que dos ideas ajenas entre sí se juntan para crear una tercera, novedosa y extraña hasta para quien acaba de formularla. Pero sea como sea, lo importante es que mi improvisada credencial funcionó y la dueña ya no tuvo reparos en hablarme abiertamente de la tragedia, como la llamaba ella pese a que 17 meses y medio después de ocurrida lo único que ahí parecía recordarla era la exactitud de viuda con que llevaba la cuenta de los días. Del resto no parecía llevar un registro tan preciso, no sólo ignoraba que Li se había fugado con un rehén de la sala del juicio sino que ni siquiera estaba enterada de que hubiera habido tal juicio, como si la realidad se detuviera ahí donde los medios dejan de interesarse por ella esta mujer, que dicho sea de paso presentaba un inquietante parecido con la madre de Vanina, o tal vez era que ya definitivamente todos los blancos me parecían iguales, esta mujer todavía creía que Li estaba internado en el manicomio, también porque ese era el lugar que según su opinión le correspondía o donde a ella le gustaba imaginarlo de por vida.

—Pero mire que en el juicio quedó claro que no estaba loco. Tampoco lo encontraron culpable de haber quemado esta mueblería.

—Lo que digan los jueces no importa. Si son todos corruptos. Seguro que los arregló la mafia. Todos sabemos que el culpable es el chino loco ese. Salió en todos los diarios. Hay testigos, además.

—En el juicio no aparecieron.

—Por miedo a la mafia. Son gente peligrosa. Hoy te incendian el negocio, mañana te incendian a vos. Eso está en el carácter de los chinos. Yo estuve investigando en Internet y es así, el fuego para ellos es como un juego, está en su cultura, es algo que traen de nacimiento. Es como los judíos, que tienen problemas de estómago y se mueren de cáncer. Bueno, a ellos les gusta el fuego y muchos terminan pirómanos.

Nos interrumpió la llegada de un camión con mercadería, mientras los peones bajaban muebles el chofer se puso a hablar con la dueña, parecían tener una relación bastante cercana, no descartaría que incluso de parentesco, por cómo se saludaron y porque enseguida compartieron el mate pero también por su forma de callarse, en esos silencios se veía que el vínculo iba más allá de lo estrictamente laboral. Había llegado la hora de despedirme pero no quería hacerlo sin filtrar una última pregunta, la más importante en rigor, para disimular un poco mi caradurez elegí la clásica de abrir la puerta y ahí acordarme, ¿era verdad eso que decían los medios de que la mueblería no tenía seguro?, ahora el que me miró receloso fue el camionero, la dueña por su parte contestó que sí tenían pero con cara de no entender la pregunta, como si fuera obvio que una mueblería tiene seguro o como si lo obvio fuera que los medios siempre dicen cosas que no son.

Mientras caminaba hacia el lado de la próxima marquita en el mapa fui atando cabos y llegué a la conclusión de que las mueblerías habían actuado en complicidad con los camioneros, aquellas para cobrar el seguro y estos para desprestigiar a los chinos que amenazaban con poner en marcha su propia flota de reparto y a la larga robarles el negocio de los supermercados, seguramente uno de los más rentables para el gremio. Por qué habían elegido las mueblerías también era fácil de intuir: necesitaban sitios visibles para que los hechos tuvieran prensa, inflamables a fin de atacarlos con algo bien chino como es el fuego y lo suficientemente grandes como para hacer correr el rumor de que la mafia los quería como futuros minimercados, ya se sabe que nada convence más a los medios e incluso a la policía que una teoría conspirativa bien montada, lo que después dictamine la justicia no le interesa a nadie. El único punto oscuro del plan era paradójicamente su perfección, los gremios suelen usar medios menos imaginativos y bastante más directos en sus estrategias de lucha, ya lo demostraba el paro anti-chino de ese día, igual esa no me parecía razón suficiente para descartarlo como posibilidad, los camioneros tienen mucho tiempo para pensar en esas y otras cosas mientras manejan, comparado con otros oficios el suyo es el que más se parece al de un filósofo, además de que por principio no creo que esté bien subestimar las aptitudes de ninguna persona, menos cuando las emplea para hacerle daño a otra.

49

Nada puede sorprender a quien ya tiene
un par de miles de años de edad.
A lo sumo sonríe.

PEARL S. BUCK

No tenía planeado pasar por mi casa materna, ni siquiera estaba muy consciente de que estuviera a pocas cuadras de ella,
sin embargo entre la primera marquita y la siguiente crucé la
esquina de Quintino Bocayuva y al girar instintivamente la
cabeza vi el cartel, Gisella Prieto Vende, imposible seguir de
largo. La casa de mi madre es la última en un largo pasillo al
que dan otras cuatro más, el cartel sobre la puerta de la calle
podría haber correspondido a cualquiera de ellas, también la
somera descripción en el pequeño suplemento adosado arriba,
3 amb. c/pat 80 m., sólo que esta tal Gisella Prieto era una
ex compañera de colegio y mi madre siempre repetía que si
alguna vez se decidía a vender la casa lo haría a través de su
inmobiliaria.

—Hola, ¿vos sos Marcos? Yo soy Ignacio, de la inmobiliaria Gisella Prieto, mucho gusto. ¿Esperás a alguien o ya
podemos pasar?

—¿Es el ph del fondo, no?

—Así es.

—Entremos.

El tal Ignacio llevaba un traje que sin dudas triplicaba su sueldo bruto, era tan nuevo y limpio que por un momento eclipsó las paredes humedecidas y las baldosas rotas del pasillo, por un momento nomás, enseguida el delicado perfume que emanaba de esas telas fue sofocado por el olor a comida y el noble taconeo de sus zapatos se perdió entre el ruido de los televisores, el ladrido de los perros y el llanto de algún bebé. Pisar ese pasillo después de tanto tiempo y de tantas cosas ocurridas en ese tiempo fue como pisarlo por primera vez, una experiencia espantosa, sentí lo que siempre supuse que habría sentido Vanina si lo hubiese conocido, por algo en diez años de noviazgo nunca la había llevado a mi casa, prefería gastarme todo en telos que someterla a esa tortura, en vez de agradecérmelo ella lo tomaba como falta de confianza, creo que nunca me lo perdonó. Ignacio tardó tanto en abrir la puerta que estuve tentado de ayudarlo, tirá un poco para afuera y después para arriba y abre, cuando al fin logró vencerla lo que me tentó fue huir despavorido, para sorpresa también de él sentada a la mesa de la cocina estaba mi madre, una botella casi vacía delante suyo, no la primera del día seguramente.

—Pensé que no había nadie.

—¿Un trago? Venga, siéntese.

—Gracias, pero no puedo. Le muestro la casa al muchacho y me voy.

—Muchacho, vení, tomate una copita conmigo.

No era la primera vez que mi madre estaba tan borracha que ni me reconocía, desde que se había divorciado se pasaba la mitad de la semana alcoholizada y todos los intentos por someterla a una cura habían fracasado, tampoco habían sido muchos, a mi hermano también le gusta tomar y yo prefería encerrarme en mi cuarto o directamente ni aparecer. No era la primera vez que mi madre no me reconocía pero sí la primera que yo no la reconocí a ella, quiero decir que no la reconocí como madre, me daba pena verla así pero no más que ver a cualquier otra borracha sin cura, si hubiese querido comprar esa casa le habría peleado el precio como a una desconocida.

Ignacio abrió las persianas y me fue mostrando las habitaciones, él las llamaba salas, ponderaba su luminosidad cuando era gracias a su falta que se disimulaban las manchas en las paredes y los huecos en la pinotea, cuando llegamos a mi cuarto recordé que tenía algo de dinero escondido dentro de un manual de Photoshop y aproveché una distracción del vendedor para agarrarlo, tengo la impresión de que él se dio cuenta pero lo cierto es que no dijo nada, hubiese sido divertido que me acusara de robarme a mí mismo. Por llevarme esa plata y supongo que también por nostalgia mi cuarto fue el lugar donde más me quedé, Ignacio supuso que lo pensaba para mis hijos y me aseguró que de ser así la señora no tendría problemas en dejarme su cama marinera, la puta cama marinera en la que yo dormía hasta hacía un mes y de la que hubiera podido estar levantándome en ese mismo instante para mirar con mala cara al intruso, a este intruso que por una confusión de pronto tenía cara de comprador y hasta de futuro papá. Eché una última ojeada melancólica, hubiera querido llevarme otras cosas aparte del dinero, el disco rígido de la compu, libros y ropa tal vez, pero la lista tampoco habría sido demasiado larga, la verdad es que nada resulta imprescindible cuando uno sabe que abandonarlo le valió la libertad.

—Bueno, señora, ya nos vamos.

—Yo no quiero vender esta casa, pasa que los chinos de al lado no me dejan vivir, los chinos se llevaron a mi hijo, los vechinos de mierda, ellos tienen la culpa de todo...

—El vino no lo inventaron ellos.

—¿Eh?

Mi madre me miraba con ojos vacíos y yo pensaba que hubiese bastado una palabra de mi parte, apenas un gesto, para que la vida volviera a ser como antes, nada hay tan enredado en el mundo que no pueda ser deshecho de un tijeretazo, pero a más tardar desde que Vanina me dejó yo había aprendido que lo mismo vale para esa vida anterior, si las relaciones amorosas no son eternas tampoco tienen por qué serlo las familiares, cada dinastía china se proclamaba infinita y hoy no queda de ellas ni el sistema que les permitía derrocarse periódicamente. Tal vez sea por eso que decidí ser programador, será la utopía de controlarlo todo lo que me atrae del mundo virtual, ahí nada sucede si uno no quiere que suceda y cualquier cosa se deshace con sólo oprimir un botón.

En el pasillo comprobé que mi madre no mentía, el departamento de al lado que hacía años estaba desocupado ahora lo habitaban unos chinos, justo cuando salíamos entraba una pareja con su hijo, los saludé en su idioma y sonrientes me devolvieron el saludo, Ignacio lo debe haber tomado como una señal de que el inmueble me gustaba y ya quería ir quedando bien con los vecinos, cómo explicarle que cruzarme con esos orientales en casa de mi madre fue como cruzarme con un grupo de compatriotas en alguna región lejana e inhóspita del mundo, un rayo de familiaridad entre tanta cosa extraña.

Mundo rasgado

Todo allá es igual que acá.

G. W. Leibniz, *Lo más nuevo de China*

Seguí el recorrido del mapa pero no volví a entrar a ningún lugar, tampoco pasé por todas las mueblerías marcadas, un detective debe confiar en su poder de inducción, además estábamos arriba de los 35 grados, almorcé un buen pedazo de carne y me tomé el subte de vuelta, tenía las piernas a la miseria. Despatarrado en el asiento, las gotas de sudor corriéndome por la espalda, descubrí que los vagones del subte eran chinos, al menos los cartelitos de prohibido fumar estaban en ese idioma, me pregunté cuántas otras cosas chinas habrá subterráneas en Buenos Aires y traté de contestarme imaginando cómo sería la ciudad si le quitaran todas las cosas de ese origen, no sólo los negocios sino también objetos como las cámaras digitales y los ceniceros de vidrio, los reproductores de mp3 y las zapatillas de marca Niki, la vajilla de loza blanca y las pistolas de plástico, la camisetas no oficiales del seleccionado argentino, los decodificadores para los canales porno, las bolsas de los supermercados, las sillas de jardín. Realmente me habría gustado saber qué hubiera pasado si de pronto todo lo chino se declaraba en huelga, y ya no pensaba en Buenos Aires sino en el mundo en general, mi sensación era que nuestra vida se hundiría instantáneamente en el caos, de seguro que la mayoría de las cosas que usamos diariamente o viene de China o tiene alguna parte Made in, si los yanquis fueran al paro tendríamos algunos problemas de comunicación por falta de satélites y si los huelguistas fueran los europeos nos quedaríamos sin cine de autor por un rato pero si los que pararan fueran los chinos se pararía el mundo, pensado así no quedaban dudas acerca de quién era la verdadera potencia mundial. Potencia en el sentido de potencial, claramente al mundo no lo domina el que tiene la capacidad práctica para hacerlo sino el que sabe usar inteligentemente la de los demás en su propio beneficio, si todos los pobres entran en huelga el planeta colapsa y no por eso son ellos los que llevan las riendas del asunto, esa es la gran paradoja que el comunismo quería solucionar, pero las paradojas no tienen solución, esa es la mayor paradoja.

Igual no sé qué hacía yo pensando en esas cosas, se ve que ese día estaba para enmendar todos los problemas del mundo, desde los boicots antichinos pasando por el misterio de los incendios hasta los enigmas más conspicuos de la política internacional, en el arte de la opinología lo difícil es dar el primer paso, después no hay quién te pare por mil li. Mi pálpito es que había algo sintomático en todo el asunto, uno sale a la calle con una idea y todo lo que ve se relaciona con lo que venía pensando, lo descubrí hace algunos años un día en que salí preocupado porque mi jean tenía el ruedo demasiado alto, lo único que veía eran ruedos de pantalones, lo mismo cuando estoy caliente y sólo veo culos o cuando estoy sombrío y sólo veo desgraciados, puede que a veces sea al revés y lo que uno vea determine lo que piensa pero yo creo que en esto la gallina suele venir antes que el huevo, todo nace en el que empolla. Como venía de estar semanas en el barrio es lógico que ese día me tocara salir como si acabara de llegar de China, la verdad es que sólo una mirada rasgada explica que un cartel visto miles de veces de pronto me llamara la atención, de chino fue también el pensamiento de que sin sus productos el mundo dejaría de funcionar, vanidosa como la amarilla debe haber pocas nacionalidades en el mundo, en eso se parece bastante a la argentina, con la salvedad de que en su caso tienen con qué. Porque mi opinión es que los chinos no dominan el mundo porque no quieren, porque les da pereza, a pesar de su fama de laburantes y de que efectivamente trabajan a destajo lo que más les gusta es holgazanear y si están bien no van a mover un pelo por estar mejor, no sé si será la inmovilidad predicada por Lao Tse o la falta de tiempos verbales en el idioma pero lo cierto es que en ese sentido son el perfecto burócrata comunista. Supongo que también por eso a Mao le resultó tan fácil conquistar el país, los chinos entendieron muy rápido que nunca encontrarían un sistema más burocrático que el comunismo y que la burocracia era la forma más acabada del hedonismo, en el fondo ellos son los únicos que saben cómo llevar una buena vida sin demasiado esfuerzo y las amenazas que cada tanto mandan de que van a dominar el mundo son para que los dejemos en paz, buscan que nos asustemos y paremos de comprarles porquerías así pueden dedicarse más tiempo a jugar al Go y tomar té. Igual yo creo que si al mundo lo dominaran los chinos tampoco habría grandes cambios, menos hamburguesa y más chao fan, menos MTV y más karaoke, en definitiva menos de algo diferente y más de lo mismo, nada nuevo hay bajo el sol ni donde el sol se despierta ni donde se va a dormir.

51

Forget it, Jake. It's Chinatown.

Joe Mantell en *Chinatown*,
de ROMAN POLANSKI

La Gran Computadora quiso que saliera por primera vez en seis semanas y apenas por unas horas para que a mi vuelta el barrio ya no fuera el mismo, Li había reaparecido, Lito y Chen habían muerto y Yintai estaba embarazada. Me enteré de estas novedades en el sentido inverso, la primera por boca del dueño del restaurante, un hombre no precisamente sensible que me anunció el estado de mi novia con la delicadeza de un telegrama colacionado, Yintai sentil mal panza bebé balazada, luego de lo cual me recordó que debía hacerle la página web y exigió que le devolviera el dinero de la caja, la posibilidad de que el ladrón fuera otro no parecía haber estado nunca en discusión. Encontré a Yintai tirada en la cama, lloró al verme, me dijo que no esperaba que volviera nunca más, acariciándole el pelo la reté por permitirse esas fantasías y le pregunté si no tenía algo importante para decirme, sí tenía, Lito y Chen estaban muertos, me lo comunicó con tal frialdad que reconsideré mis opiniones sobre la falta de tacto del dueño, tal vez esa era la forma en que los chinos anunciaban las noticias muy buenas o muy malas, las que no necesitan refuerzo retórico para impactar.

—¿No tenés otra cosa para decirme? ¿Que estás embarazada, por ejemplo?

—¿Cómo sabía? Te lo quería decir eta mañana pero peleamo y depué te fuite. Pensé que iba a tener otro hijo sin padre.

—Tonta.

Le conté mi visita a la mueblería y el episodio en mi casa, también que el hombre de la inmobiliaria ya había adivinado que iba a ser padre, mientras tanto me preguntaba cómo había ocurrido y si daban las fechas, el cómo en realidad era previsible, wuwei y forro no se llevan muy bien que digamos y la verdad es que nosotros tampoco hacíamos mucho esfuerzo por acostumbrarnos, en cuanto a las fechas supuse que técnicamente las condiciones estaban dadas, hacía más o menos un mes que nos acostábamos juntos y nunca le había venido la regla, cabía la posibilidad de que ella ya hubiera venido con regalito desde antes pero si voy a ser sincero tampoco me importaba demasiado, si ella me quería como padre de sus hijos a mí me daba tanta felicidad como verdaderamente serlo.

—¿Qué les pasó a Lito y a Chen?

—No sé, andá a verlo. Etá Li.

Lito y Chen estaban desnudos sobre la cama cada uno con un puñal hundido en el estómago del otro, era como si se hubieran hecho mutuamente un harakiri, los intestinos se mezclaban en el medio, el espectáculo me dio tanta impresión que tuve como un ataque de risa pero de vómito, regué los cadáveres con el bife del almuerzo a medio digerir. Li me había advertido de no entrar a la habitación pero como quien recomienda no probar cierta torta de la que ya nos servimos un pedazo, si hubiese puesto un poco más de vehemencia en su admonición hoy recordaría a Lito y a Chen tal como los conocí en vida y no como ese par de pollos reventados nadando en sus propias vísceras.

—¿No te parece que habría que llamar a la policía?

—¿A quién?

—A la Jing-cha.

—¡Tai hao le! Veo que estuviste haciendo avances durante mi ausencia.

—Xie-xie. ¿Llamamos entonces a la policía?

—Meio.

Mientras envolvíamos los cuerpos en las sábanas le pregunté a Li dónde había estado y por qué había tardado tanto tiempo en volver, en lugar de responderme el muy ladino me daba instrucciones o lanzaba puteadas mitad en chino y mitad en castellano, cómo pesa la puta que lo sheng chu, yin hu de la lora dónde dejé las llaves, la mezcla de idiomas me hacía reír y así me olvidaba de que estaba triste, aunque también tenía motivos para estar alegre, en realidad no sabía cómo me sentía, el embarazo de Yintai y la reaparición de Li me habían hecho feliz mientras que las muertes de Lito y Chen me dolían más de lo que me quería admitir, eran cosas muy pesadas para medirlas de una vez, no había balanza que resistiese ni aunque tuviera el mismo peso de ambos lados. Resolví el caos de sentimientos con la expresión más ambigua de todos ellos, el llanto, previsor y comedido como quien sabe que va a vomitar me arrellané en el sillón, adopté la posición fetal y largué las lágrimas, por turnos consecutivos lloré por Lito y por Chen, por Vanina y por mi madre, por el hijo que iba a tener y por mi nueva vida junto a Yintai, una hora entera me habré pasado empapando los almohadones, siglos de no hacerlo no parecían haber influido negativamente en mi productividad.

—¿Te habías hecho muy amigo de ellos?

—Sí. Con Lito estábamos escribiendo un manga juntos. Un manga sobre vos.

—¿Sobre mí?

—Queríamos contar tu historia, no la oficial sino la otra. No puedo creer lo que hicieron. ¿No será que los mató la mapia china como decía Chen y los puso así para que pareciera un suicidio múltiple?

—La mafia china no existe, es el Esopo al se le adjudican todas las fábulas. Y si fue una venganza, si a Lito lo mataron por japonés y a Chen por acostarse con el enemigo, tampoco es que haga la gran diferencia.

—¡Cómo que no! Si no sabemos quién fue nunca vamos a poder hacerles justicia.

—El que tenga que vengarlos se va a enterar.

—No me refería a esa justicia.

—No hay otra.

—Sí que hay. Esto no es la selva.

—No, es el barrio chino.

52

Los racistas suelen preguntar si alguna vez alguien vio el entierro de un chino, la idea es que no porque los chinos se comen entre ellos y usan las sobras de sus banquetes caníbales para rellenar los arrolladitos primavera, se supone que es un chiste, jajajejejijijujuy. Lo cierto sin embargo es que los chinos se entierran como cualquier hijo de vecina muerto, yo sí lo vi, la diferencia es que en su caso no pueden optar entre cajón y cremación, todos van al horno, es lógico, si tienen problemas de natalidad no sorprende que también tengan de mortandad, al parecer los cementerios están tan desbordados como los jardines de infantes, cada muerto con su féretro son dos metros cuadrados menos de arrozales para los vivos.

—Así como hacen campañas para que la gente no tenga hijos podrían hacer campañas para que la gente no se muera: un muerto por familia, después hay que pagar impuestos.

—Vos reíte, pero ya pronto va a ser más barato enterrar las cenizas en Mongolia o Vietnam.

El velorio de Lito y Chen duró hasta el otro día, por regla deberían haber sido tres pero Li decidió sacarlo antes de cartel por falta de público, realmente no vino casi nadie, algunas viejitas del barrio y un pariente de Lito que nos dejó un sobre rojo con ocho pesos, los gastamos en dos bolsitas de Chunzao y un jugo de Lichi, se ve que incluso en los funerales es costumbre andar regalándose estos sobres, se llaman Lai-si, si alguna vez me mudo a China me pongo una fábrica, millones deben haber tenido la idea antes que yo pero seguro que igual es un buen negocio. Los que vinieron también fueron unos jugadores de Go del club taiwanés, eran cinco, hicieron sus reverencias frente a los cuerpos y se arrancaron unas lágrimas como quien fuerza una muestra de materia fecal en el baño del laboratorio, al parecer trae mala suerte ver un muerto con los ojos secos, después se acercaron a nosotros para informarnos de que Lito tenía con ellos deudas de juego y que procederían a llevarse la computadora y alguna que otra cosita, aunque en China no rige la democracia con Li aceptamos la voluntad de la mayoría, así fue cómo me enteré de que los torneos de Go no eran tan inocentes como parecían.

—En el club taiwanés no entra el que no apuesta fuerte.

—Pero eso es ilegal.

—Así hablan los que salen perdiendo, te aseguro que nada de eso importa cuando ganás.

Durante las horas que nos pasamos velando los cuerpos de nuestros amigos me enteré también de otras cosas, la más importante fue la teoría de Li sobre el origen de los incendios a las mueblerías, me la reveló luego de preguntarme dónde había estado yo la mañana de la tragedia y de que yo le contara mi tesis del complot camionero, tesis que incluso a mis oídos se fue haciendo más y más absurda a medida que la fui exponiendo, la verdad es que cerraba menos que Internet.

—Te voy a decir qué pasó realmente porque veo que vos solo no la vas a sacar ni el día del bambú.

—Nunca fui muy bueno para los acertijos, es cierto.

Si en vez de usar el mapa para excursiones no autorizadas yo me hubiera dedicado a observarlo con detenimiento me habría dado cuenta de que las marcas formaban un dibujo, me explicó Li, más específicamente el de la letra *kuf* del alfabeto hebreo, formada a su vez por la letra *zayin* y la letra *reish*, la última de las cuales a su vez formada por las letras *yud* y *shin*. Como yo seguramente ya sabía, siguió sobrestimándome Li, o era sencillamente que hacía ironías a mi costa, difícil captarle los tonos, además de que yo seguía bajo el shock de las muertes, él no parecía mayormente afectado, clásica displicencia oriental; cada una de estas letras tenía en la cábala judía un significado y un valor numérico que a su vez tenía su significado, la letra *kuf* por ejemplo simbolizaba la omnipresencia de Dios y tenía el valor numérico 100, es decir la edad de Abraham al momento en que nació Isaac, la letra *zayin* por su parte tenía forma de espada y como se pronunciaba igual que la palabra armamento simbolizaba la fuerza y la letra *yud*, la indivisible, nos recordaba con su valor numérico las diez plagas y sobre todo la décima, la matanza de los primogénitos.

—¿Vas entendiendo?

—Ni jota.

—Y eso que lo complicado todavía no llegó.

El dibujo sobre el mapa correspondía no sólo a la letra *kuf* del alfabeto hebreo sino también a la consonante *zi* del alfabeto chino, formada a su vez por la letra *xi* y la letra *buo*, la primera de las cuales significaba riqueza, la segunda mermar y la tercera primogénito. ¿Qué es lo que quería decirme con esto?, inquirió

Li, muy simple, se respondió: que los lugares de los incendios no eran azarosos sino intencionados, que respondían a un trazo específico y que estas letras ocultaban un mensaje cifrado de la comunidad judía a la comunidad china.

—¿Y cuál vendría a ser ese mensaje?

—Que nos van a incinerar con nuestros propios métodos.

El Apocalipsis según Li

Tus puñetazos no sirven para nada.
No puedes matar a tu maestro de boxeo
con golpes que has aprendido de él.

LU SIN, *El vuelo a la Luna*

Según los judíos, según Li, los chinos venían corriéndolos de todos lados, primero les habían robado el barrio del Once, hoy efectivamente copado por orientales, no chinos sino coreanos, pero que fuera yo a explicarle a un judío la diferencia, primero del Once los habían corrido y ahora de Belgrano, la otra zona de tradición judaica de la ciudad, la diferencia era que acá predominaban los asquenazíes mientras que allá los sefardíes, pero que no intentara yo explicarle la diferencia a un chino. Para frenar este éxodo forzado, que los tenía errando por la urbe como en los tiempos de Moisés por el desierto, los paisanos planeaban, con paisanos Li se refería en este caso a los hebreos, según ellos la palabra hacía exclusiva alusión a los miembros de la colectividad judía antes de ser expropiada por los chinos, hasta eso les habían hurtado, para hacer frente a la prepotencia china los judíos planeaban fundar una suerte de Israel en plena calle Arribeños.

—Ah, bueno, justo en el centro del quilombo.

—Experiencia no les falta.

La contraofensiva semita había empezado hacía más de una década, prosiguió Li, primero con la edificación de una sinagoga y luego con la apertura de un local de fuegos artificiales, el local cerca de la estación y la sinagoga en la otra punta, como para que quedara bien en claro desde dónde y hasta dónde los chinos tenían permitido extender su gueto. La presencia física en el lugar había venido acompañada de chicanas psicológicas no menos perversas, desde el cinismo que implicaba abrir un local de fuegos artificiales en el barrio de los descubridores de la pólvora hasta el nombre de la sinagoga, Amijai, según los judíos en honor al poeta Yehuda Amijai pero según Li una palabra china que debía leerse como a-1 (sucio) mi-1 (ojos semicerrados) hai-3 (reunión multitudinaria), o sea sucia multitud de chinos.

—¿Y vos de dónde sabés tanto de judaísmo?

—De la sinagoga de la cárcel.

—¿En Devoto hay una sinagoga?

—Claro. ¿Y sabés quién la dirige? La esposa del rabino de Amijai.

Haciéndose pasar por judío, siguió contando Li pero se detuvo para preguntarme de qué me reía, así como había gauchos judíos también había chinos judíos, y no de ayer sino de siempre, la ciudad de Kaifeng a orillas del río Amarillo era famosa por su población semita, que le hiciera el favor de informarme mejor antes de prejuzgar. Haciéndose pasar por judío Li pudo enterarse de cuál era el trasfondo místico de la pelea por el barrio del Once, parece ser que según la cábala el Antiguo Testamento había sido escrito con fuego negro sobre fuego blanco y era por eso que los conspiradores hebreos habían elegido el fuego para su primer mensaje, querían demostrar que entre ellos la sustancia ígnea tenía tanta tradición como entre los chinos y que no dudarían en usarla para hacerlos humo, también por razones prácticas, todos los dueños de las mueblerías eran judíos y se sacrificaron por la causa.

—¡Es verdad! La dueña de la mueblería en la que yo estuve se parecía mucho a mi ex suegra. Y me habló en contra de los chinos. ¿Cómo no me avivé?

—Es lo que yo me pregunto.

El conflicto había explotado en Buenos Aires pero databa de hacía tiempo y abarcaba el mundo completo, siguió explicando Li, en juego estaba nada menos que la antigüedad de las respectivas culturas, mientras que otros luchaban por adueñarse del futuro del planeta los chinos y los judíos se disputaban su pasado, ambos pueblos sabían que quien domina lo que fue ya tiene conquistada gran parte de lo que será, los chinos lo sabían por tradicionalistas y los judíos por psicoanalizados. El epicentro de la batalla entre la kipá y el kipao era el origen de la raza americana, para los chinos descendíamos del lejano Oriente y para los judíos del cercano, en ese sentido los incendios hablaban un lenguaje claro como el agua: la *kuf* y sus letras subsidiarias, unas adentro de otras como la manupuntura en la acupuntura y la dedopuntura en la manupuntura, declaraban la omnipresencia de un Dios único e indivisible que precedía en un siglo a cualquier hijo de hombre y que con su fuerza aminoraría el *zi* de los chinos, es decir su riqueza, y acabaría con sus *buo* o primogénitos al igual que en Egipto.

—¿Y no hay forma de frenar esta locura?

—Meio.

La batalla no cejaría hasta que uno de los dos bandos se esfumara de la faz de la tierra, vaticinó Li en un tono cada vez más apocalíptico, a más tardar con el ingreso al club Defensores de Belgrano del chino de Jáuregui la cosa se encontraba fuera de control, según Li los judíos nunca les perdonarían a los chinos que jugaran para el Dragón.

—¿Por?

—Es el club de los nazis, como Atlanta el de los judíos. ¿O no notaste cuando fuimos a la cancha que junto con los papelitos llovían jabones? No era para acusar de sucios a los de Atlanta sino para recordarles lo que hicieron los alemanes con sus abuelos.

Por culpa de esa decisión poco feliz del arquero García Buenos Aires se había convertido en el epicentro de una escalada bélica de la que las mueblerías incendiadas eran apenas un pálido prólogo, que no me dejara engañar por casos de presunta armonía interracial como el del director judío Ariel Rotter y la actriz china Ailí Chen porque si la cosa seguía así la ciudad no sobreviviría al inminente año nuevo chino, ¿o qué creía yo que descargaban los camiones en el local de fuegos artificiales de la calle Arribeños?, ¿cañitas voladoras?, ¿estrellitas mágicas?, ¿chasquibunes?, que no fuera inocente, lo que ahí estaban almacenando los judíos era un arsenal capaz de producir una catástrofe de dimensiones impredecibles ni bien los chinos empezaran con la celebración.

54

Cremamos los cuerpos de Lito y Chen en Chacarita, Chao nos prestó su chata para transportar los cuerpos, las cenizas las guardamos dentro de unos potes de cerámica blanca, dos por diez pesos, qué poco somos. De vuelta en el departamento nos dedicamos a ordenar los juegos de mesa, queríamos venderlos en alguna feria americana para recuperar lo que había costado coimear a los de la cremación, como eran chinos y para colmo indocumentados hicieron un poco de problema, puro teatro, con tal de que abones en efectivo estos te carbonizan cualquier cosa. También el resto de las cosas debía ser rematado, la prótesis de Chen incluida, la idea había sido naturalmente de Li, clásico pragmatismo oriental, yo como buen argentino habría guardado todo en la baulera y que se lo coman las ratas.

—Lo que no entiendo es por qué te tocó justo a vos ser el chivo expiatorio —me atreví a sacar de vuelta el tema de los incendios en una de nuestras pausas de trabajo.

—Chino expiatorio —me corrigió.

Cuando la policía no podía resolver un crimen, cosa que ocurría con alarmante frecuencia, su táctica era apresar a

cualquier chino expiatorio y sólo liberarlo si él aportaba una
solución, me explicó Li, los presos tenían entonces permiso
para salir de vez en cuando de la cárcel y así ir juntando pruebas, de paso se les sugería que robaran alguna que otra cosita
para agasajar a los carceleros. El método era efectivo, mejor
que cualquier tortura, incluso que cualquier tortura china, su
aplicación permitía resolver tres cuartas partes de los casos más
difíciles aunque resolver era naturalmente un eufemismo, lo
correcto era decir que los casos quedaban cerrados, así como
los inocentes confiesan cualquier cosa bajo tortura los chinos
expiatorios solían presentar como culpables a personas tan
poco enteradas del delito como ellos mismos. Con la diferencia, matizó Li, siempre encendiendo o pitando o apagando
un cigarrillo para enseguida encenderse otro con su caja de
fósforos Los Tres Patitos tamaño familiar, con la diferencia de
que los presos estaban obligados a esmerarse mucho más que
los policías en la verosimilitud de sus inculpaciones, por eso
se les decía chinos expiatorios y no chivos expiatorios, porque
venían con cuentos chinos, pero bien armados, creíbles, en
eso la justicia era como la literatura, lo que menos importaba
era la verdad.

—Yo pensaba que el juego de palabras lo había inventado
tu abogado por lo de chivo y chino.

—Pero no. Lo del chino expiatorio es un secreto a voces,
todo el mundo lo sabe pero también sabe que no hay que
decirlo.

Él había sido el primer chino expiatorio verdaderamente
chino, me aclaró Li, quizá por eso el sistema funcionó en su
caso a la inversa de lo habitual, en vez de ser los policías quienes
le ofrecieran restituirle la libertad a cambio de que resolviera

el enigma de los incendios fue él quien los convenció de que podía hacerlo, como a ellos les daba la misma repugnancia favorecer a los judíos que a los chinos estuvieron de acuerdo y así Li pudo tener una segunda chance de llegar a la verdad. Segunda, me aclaró tras una clásica pausa de efecto, porque en realidad a él lo habían atrapado tratando precisamente de resolver el crimen de los incendios, su sueño era ser policía y estaba convencido de que para resolver un crimen hay que entenderlo y para entenderlo hay que cometerlo.

—¿O sea que vos incendiaste las mueblerías?

—Sí y no.

Efectivamente él había incendiado una mueblería, me confesó Li, la última para ser más precisos, pero sólo con el fin de meterse en los zapatos del pirómano serial y así comprender sus motivaciones y procedimientos, Li creía que de ese modo atraparía al malhechor y sería admitido en la Policía, al menos era una posibilidad, tener la secundaria completa y la nacionalidad argentina en cambio no. Porque él no sabía si yo sabía pero a pesar de las decenas de miles de inmigrantes orientales que residían en nuestro país las fuerzas del orden no contaban ni con un solo agente de esa procedencia, por eso tampoco se animaban a entrar en el barrio, el policía que andaba por ahí era un judío disfrazado, aunque tampoco tanto, dónde se había visto un cana de barba que fumara en pipa.

—Ya me parecía raro el tipo ese.

—Tu poder de observación me apabulla.

En su afán por resolver el enigma y así abrirse paso hasta la jefatura de la comisaría del barrio Li había cometido tres errores, admitió, el primero de ellos era no haber aprendido a andar en bicicleta, él sabía que a mí me parecería ridículo pero debía creerle, así como existen marineros que no saben nadar y argentinos que no comen carne también existen chinos que no saben mantener el equilibrio sobre dos ruedas, él sin ir más lejos era uno de ellos y por eso cayó, ¿o cómo se explicaba si no que lo hubiesen agarrado veinte minutos después del incendio a siete cuadras del mismo?, tres minutos por cuadra no era promedio ni para el que camina, a no ser que lo haga con una bicicleta al lado. El segundo traspié había estado en la elección de las coartadas, prosiguió Li con su autocrítica comunista, que los fósforos servían para encender los cigarrillos y las piedras para arreglar la bicicleta eran excusas perfectamente entendibles pero en China, no en Argentina.

—Lo mismo me pasó con lo del furúnculo que me extirparon de chico. En la comisaría me preguntaron por qué tenía esa herida en la cabeza y yo les dije que el presidente de China me había insertado un chip. Es el chiste clásico, como dirías vos, que hacemos los chinos cuando tenemos una herida, pero no lo entendieron.

El único consuelo que tenía Li en ese sentido era que los judíos habían cometido el mismo error, pensaron que para achacarle los incendios a un chino lo obvio era que el pirómano se moviera en bicicleta pero se olvidaron de averiguar antes si Li cumplía con ese requisito tan oriental. Y ese había sido su tercer error, se lamentó Li, el más grave según él, el que le había hecho desistir de su carrera policíaca para siempre: no darse cuenta de que los judíos sabían de sus aspiraciones, conocían sus métodos y habían dispuesto los incendios de forma tal que él tarde o temprano terminara cayendo en la trampa de cometerlos.

—¿Pero cómo van a saber todo eso sobre vos?

—Saben incluso que mi nombre corresponde al hexagrama del fuego en el I Ching. Nunca subestimes al Mossad.

—A mí me dejó pagando.

—Igual yo le estoy agradecido, al Mossad y a los policías que me detuvieron. Si no hubiese sido por ellos nunca hubiera tenido mi satori.

—¿Tu qué?

El satori que nunca alcanzó
el moishe que no era tal

El tipo de conocimientos que puede transmitir una filosofía conformada mediante tal clase de lengua tiende necesariamente a ser el resultado de una sucesión de ejemplos y de ilustraciones cuya sucesión no está ordenada lógicamente ni ofrece nexo entre unos y otras.

F. S. C. NORTHROP, *El encuentro del Este y el Oeste*

Satori era el momento del conocimiento intuitivo de la verdad, me aclaró el maestro Li, o el loco Li, quién hubiera podido distinguirlos a esta altura, el instante en que de un aguijonazo nuestra mente al fin entiende todo el universo, el eureka oriental. Cualquier método podía ser el adecuado a la hora de buscar el satori, el camino hacia él sólo se hacía evidente cuando se llegaba a su término, a Li por ejemplo le había servido cometer el incendio por el que lo habían apresado, a mí por el contrario no parecía estar sirviéndome ni el de la exposición directa. Porque todos los indicios que Li había ido acumulando a mi alrededor, todas sus ambigüedades y silencios sólo tenían como fin que yo llegara al satori según la clásica estrategia de los maestros de Kung Fu, es decir nunca de forma directa sino siempre por medio de rodeos incomprensibles para el alumno, como si la luz del intelecto igualara en fuerza a la del sol y darla de frente pudiera dañar los ojos. Así como se decía que la Gran Muralla había sido construida sumando

partes inconexas y así como las palabras chinas eran una conca-
tenación de símbolos aislados Li me había ido proporcionando
ladrillos simbólicos a fin de que yo terminara de ensamblarlos
en un momento de iluminación divina, según él esa era la
única forma de que yo quedara completamente convencido
de la verdad de sus teorías y transmitiera ese convencimiento
al resto de la gente, la única forma de salvar a la ciudad y al
mundo del Apocalipsis inminente.

—Pero nunca lo entendiste. Siempre fue chino básico
para vos.

—¿Y por qué era yo el que lo tenía que entender?

El cálculo de Li era que sólo a un judío le creerían la existencia de un complot judío, me enteré entonces, al contrario
de Li Hongzhi, el creador del Falun Gong que utilizaba su
exilio neoyorquino para denunciar lo que le hacían a su gente
en el interior de China, la idea de Li era que yo utilizara mi
forzado exilio interior en el barrio chino para denunciar lo
que mi gente les hacía a los chinos en su exterior, un cálculo
francamente intachable salvo por un pequeño detalle, Li había
creído que yo era judío, cuando se dio cuenta de que tal no
era el caso ya era demasiado tarde para remediarlo.

—¿Y cómo te diste cuenta de que no era judío?

—Cuando nos bañamos juntos.

—Ah, por eso me hiciste ducharme con vos.

—Obvio. ¿Ya te estabas haciendo ilusiones?

—Pero nos duchamos más de una vez.

—Bueno, tenía que disimular, así creías que era una antigua costumbre china.

—¡Xiao-ren!

Por gordito, pecoso y narigón Li se había jugado a que yo era judío, verme luego el prepucio lo había deprimido profundamente, en general lo deprimía no poder distinguir a los moishes, porque en realidad ni el pito cortado en los hombres ni las caderas anchas en las mujeres ni la nariz aguileña en ambos servían de guías fiables, se quejó, a veces ni siquiera el apellido podía usarse de prueba, era como luchar contra un ejército invisible, y él con sus ojos como almejas, el mundo era injusto. La amargura había sido tan grande que pensó en abortar su misión, si no lo hizo fue porque ya se había comprometido con la Policía, le habían posibilitado la fuga del juzgado y habían dado la orden de no difundir mi foto ni buscarme así que ahora él no podía echarse atrás, o les solucionaba el caso de los incendios o debía volver a la cárcel.

—Bueno, no importa, aunque no sea judío igual puedo denunciar el complot que armaron en contra tuya.

—Ya no. Que entiendas todo sin satori no tiene sentido. Es como explicar un chiste, si el otro se ríe es sólo por compromiso.

—Pero yo me río, quiero decir que yo te creo, Li.

—No lo suficiente. Y mi nombre no es Li sino Qin-Zhong, como el personaje de *El sueño del aposento rojo*.

—¿Y ahora me lo decís?

—Nunca es tarde. Ni para eso ni para nada. Por eso yo me rajo a la mierda. No quiero estar acá en el año nuevo, cuando todo esto vuele por los aires.

Y se fue, el desgraciado, terminó de ordenar las cosas conmigo, me invitó a cenar en la parrilla de la esquina, me regaló la foto en la que se nos veía abrazados con la muralla china atrás y se fue, el desalmado, se fue en bicicleta como pude observar desde el balcón, no podía llegar muy lejos si me había dicho la verdad, sin embargo nunca más volvió.

*

El manga de Li

Hacelo vos, yo me voy a fumar una pipita.

LITO MING (in memoriam)

La batalla final entre Atlantas y Dragones tendría lugar en la galaxia Baires. Hacia allá parte Fosforito desde el planeta de los nochis, donde habitan los Dragones (los Atlantas son del planeta Srliae). La especialidad de Fosforito es el fuego. Puede encender cualquier cosa, incluida el agua.

Antes de partir, el rey de los Dragones le pone un chip en la cabeza.

—Así te podremos mandar instrucciones hasta la victoria, siempre. Procura no rascarte. Ni teñirte el pelo.

Del planeta de los nochis a la galaxia Baires hay miles de li de distancia. Además, Fosforito debía cruzar el Atlántico, donde abundan los Atlantas (no está seguro, pero lo deduce por el nombre). Por eso toma otro camino, más pacífico. Llega en dos horas.

En la cola de inmigraciones un extragaláctico de la raza Reanaco lo mira mal y se trenzan en lucha. Fosforito, que en materia de lucha seguía las enseñanzas del Jeet Kune Do de Bruce Lee, Tu limitación es la no limitación, o sea vale todo, le hace cosquillas debajo del sobaco, le muerde una oreja y luego le quiebra todas las costillas de una patada. El Reanaco reacciona y le deja la mandíbula a la altura de la frente con un cross que hace temblar el piso (después se supo que no había sido el golpe sino que en ese momento pasaba el subte). Enseguida Fosforito le incrusta en la yugular la birome con que estaba llenando papeles, el chorro de sangre les sirve de bebedero a un enjambre de mosquitos. Una vez que lo tiene debilitado, entrega el Reanaco a unos obreros y les explica cómo enterrarlo dentro de alguna pared.

—Con ese método en mi planeta construimos la muralla más larga del universo —argumenta.

Fosforito tiene todos los papeles en regla, pero las autoridades de Baires le niegan la visa de entrada.

—Gracias, ya compramos. —Le muestran sus encendedores de colores (cinco por un peso).

El planeta de los nochis es el principal proveedor de encendedores automáticos del universo. Tantos venden que no les quedan para ellos y por eso los Dragones usan fósforos. A los habitantes de Baires les pasa algo parecido, pero con la leche y la carne (comen cartón).

Desesperado, Fosforito pide instrucciones a su rey, pero el chip ya se había roto. Calidad nochi.

Mientras almuerza, un lustrabotas le ofrece sus servicios. Fosforito dice que no. El otro insiste. Se trenzan en lucha. El lustrabotas lo acuesta de un golpe de cabeza y le dobla las piernas hasta hacerlo comerse sus propios zapatos. Fosforito reacciona y con las manos le saca el corazón y el cerebro y se los cambia de sitio. El lustrabotas se hace poeta y ya no lo molesta más.

El mozo del bar es un extragaláctico de la raza Uerp que a cambio de dos atados de Marlboro light le informa que por la puerta norte se entra sin papeles.

—Los Baireanos son así de generosos —le explica—, salvo los que vienen a estafarlos todos entran por la puerta de servicio.

Fosforito se dirige hacia la puerta norte en su nave especial, propulsada a fuerza de especias picantes (se aplican en la comida del conductor). En el camino se detiene para admirar las Cataratas del Íguazu (antiguamente conocidas como Cataratas del Iguázu y más antiguamente como Cataratas del Iguazú). Tal como decía su guía turística del guerrero galáctico, se trata de una excelente reproducción en grande de las pequeñas cataratas con que los Dragones decoran sus casas y sus restaurantes. Fosforito reflexiona: La naturaleza imita al arte que imita a la naturaleza imitando al arte de imitar la naturaleza artística.

En la frontera lo dejan pasar sin siquiera mirarle los papeles. Por gastos administrativos le retienen otros dos paquetes de Marlboro light. Ahora le quedan nada más que 9.999.996.

Mientras, en el seno de la galaxia de Baires, los Atlantas conspiran contra los Dragones. Los acusan de colonialismo de tercer grado (Baires era una colonia cacoropea que ellos habían colonizado por partes en segunda instancia). Su plan es robarle el fuego a Fosforito, provocar algunos incendios en lugares estratégicos de la galaxia y luego acusarlo frente a los cacoropeos. Lo llaman la Misión Prometeo Circuncidado.

Las principales armas de los Atlantas son: la kipá (un disco de acero afilado estilo estrellita ninja pero con efecto boomerang incorporado), la torá (una alfombra voladora que funciona como una cinta de correr que funciona como un alfombra voladora) y el talit (una bufanda que cuando se tensa adquiere la firmeza de una espada y si la pelea se pone buena hasta escupe algunos proyectiles, también se la llama pots). Las armas de los Dragones son: el escupitajo (pueden producirlo en tal cantidad que su víctima muere ahogada en cuestión de segundos), los palitos (son tan hábiles con ellos que saben agarrar desde un pelito del cuello hasta el cuello entero), las artes marciales (un conjunto de técnicas de lucha que incluyen la de los palitos, la del escupitajo y la del escupitajo con palitos).

Las armas que los Dragones y los Atlantes tienen en común también son tres: el majong (que los Atlantes llaman Burako y dicen que lo inventaron antes), el regateo (que los Dragones llaman Bisnis) y el mal gusto (que ambos llaman tradición).

Atlantas y Dragones ya se habían medido una vez en la legendaria batalla del Once. Los anales guardan la crónica de aquellos hechos de violencia:

—¡100!

—¡1!

—¡99!

—¡2!

—¡98!

—¡3!

Etc.

—50.

—Ok.

La Misión Prometo Circuncidado resulta ser un éxito: aprovechando que Fosforito está con jet lag (menos conocida como disritmia circadiana), los Atlantes le roban el fuego y lo dispersan por la galaxia. El dibujo que forman los focos ígneos puede verse desde las otras galaxias, mejor incluso que la Gran Muralla de los Dragones. Los espectadores, según el ángulo, la historia personal y el nivel de alfabetización de cada uno, descubren respectivamente un pastor con una oveja, una mujer practicándole una felatio al pastor, medio vaso vacío o medio vaso lleno, la palabra Venganza, también escrita con *b*.

Fosforito sale a recuperar el fuego pero se quema y debe ser internado en el Borda, que resulta ser no un instituto del quemado sino un neuropsiquiátrico de alta seguridad. Cuando se da cuenta, se trenza en lucha con los siete enfermeros que lo tienen maniatado. De una sola patada les arranca las siete cabezas (uno era bicéfalo, pero otro era acéfalo, así que compensaban). La sangre brota de los cuerpos mutilados formando olas. Fosforito se arma una balsa con las extremidades de los enfermeros atadas entre sí con pedazos de escroto y surfea hasta la puerta de salida. Pero la puerta automática no abre (calidad nochi) y Fosforito es atrapado nuevamente.

Fosforito pasa meses en el Borda contenido por el afecto de los pacientes, como se llama en la institución al efecto de los estupefacientes. Después de un tiempo es trasladado al monasterio Devoto. Ahí entra en contacto con una rabina, quien lo inicia en los misterios religiosos de los Atlantes. También lo inicia en otros misterios: el beso de la mariposa, la flautista, el misionero, el rompecabezas, la cabalgata de espaldas, las aspas del molino, la lluvia dorada.

En su nueva morada, Fosforito se propone decorar su celda según los preceptos del Feng Shui. Quiere dividirla en áreas (el amor, el dinero, el baño) y reorganizar el mobiliario (catre y tina) según los ocho kua, de modo que miren hacia el signo cardinal que armonice con el yinyang y facilite la libre circulación del chi. No lo logra.

Deprimido, Fosforito comienza una dieta estricta a base de saliva, convencido de que es más energizante que el ginseng. La huelga de hambre amenaza con convertirse en huelga de hombre y es trasladado a un hospital, donde le diagnostican mucho estlés y le recomiendan dolmil.

Mientras tanto, en el planeta de los nochis se reúnen los mejores guerreros de terracota para una misión de salvataje. Son siete y se hacen llamar la Manga de Argenchinos. En una operación muy arriesgada, entran al hospital y liberan a Fosforito. Ahora se preparan para la batalla final contra los Atlantes, que ocurrirá el día del año nuevo lunar. ¿Podrá la galaxia Baires sobrevivir al choque más temido de todos los tiempos?

4705

Cuando te digo china china china del alma
tú me contestas: chinito de amol.
Cuando te digo chino chino chino del alma
tú me contestas: chinita de amol.
Chinita tú, chinito yo
chinito tú, chinita yo
y nuestro amol así selá
siemple siemple igual.

GABI, FOFÓ Y MILIKI

A las nueve de la mañana ya se ve a los primeros paisanos armando sus puestitos, venden desde bonsáis hasta jarabes a base de gingko, los médicos curan pero las hierbas sanan dice en los envases, también dice que ante cualquier duda consultemos a nuestro médico, supongo que para que nos curen de la sanación. Muy cerca los unos de los otros hay calígrafos que escriben tu nombre en chino por un peso con cincuenta, escuchan a los clientes y traducen los sonidos a ideogramas que tienen su propio significado, Lamilo en mi caso vale tanto como pollo salado-sobretodo-mirar, cada uno hace las interpretaciones que quiere y si no está conforme puede pedirle el mismo nombre al calígrafo de al lado, nunca van a coincidir.

Junto a los paisanos se van acomodando también los oportunistas, Western Union ofrece mandar plata al extranjero por un dólar nomás y los de la Fundación Tzu Chi piden monedas para sus alcancías de bambú, Coca-Cola regala su brebaje y Eisenbeck su cerveza, Quilmes la hizo más barata y mandó a una promotora a repartir volantes en chino, la chica de minifalda tiene rasgos asiáticos pero dice Feliz año nuevo en castellano, si le contestan en chino sonríe sin entender, ni ¡Xin Nian Le! le enseñaron a decir.

Además de arrolladitos primavera y té con perlas, además de Chichai-ka y Chin-Pao y Chenku-Tsia y Su-Wen, este último es mi preferido, es como un aguaviva pero no pica, igual no lo recomiendo, los bollos se ven inofensivos como un maestro de Tai Chi pero después te duelen en el estómago como una de sus patadas; además de especialidades chinas hay un puestito de kebab, otro de ensalada de frutas y otro de panchos chinos, el pancho chino es una salchicha envuelta en masa de panqueque y luego fritada, mi pálpito es que cuando termina el año nuevo chino se van al festival nacional del queso en Tafí del Valle y venden lo que les sobró como pancho guaraní.

—No sabía que el kebab era una comida china, Cacho.

—Eso es lo bueno de venir a este tipo de eventos, Pocha, siempre se aprende algo nuevo.

A eso de las once la gente empieza a llenar las veredas, a partir de las doce no se puede caminar ni por la calle y después de la una la aglomeración es tal que empieza a faltar el aire, dentro de la Asociación taiwanesa un televisor muestra imágenes en directo del año nuevo en China, no están menos apretados que nosotros acá. Cerca de las dos de la tarde al fin sale el dragón, marcha detrás de la chata de Chao sobre la que van montados unos chinos tocando los platillos y el tambor, el ritmo que producen no es del todo ortodoxo, tampoco del todo rítmico, la gente aplaude igual, se nota que no hay brasileros.

Todos esperan que el dragón encare por Arribeños pero los que estamos sobre aviso nos ponemos del otro lado, el bicho mide unos veinte metros y avanza dirigido por un chino con una especie de cetro y otro con un silbato, el resto de los gimnastas son todos locales, me apenan los que marchan un poco más atrás disfrazados de león, como los Papá Noel derritiéndose en diciembre detrás de sus barbas blancas, es el problema de traducir las tradiciones de forma literal. El dragón ondula por los aires, parece una montaña rusa que cobró vida, a veces se detiene y retrocede de golpe, a veces la cabeza se queda quieta en su lugar y el resto del cuerpo se enrolla a su alrededor, frente a algunos negocios hace una inclinación y luego se mete, la gente mira desde los balcones, pobres de los que sacaron turno a esa hora en el telo.

—Fabricio, ¿qué es ese ruido?

—El fin del mundo, Magdalena, ¿me dejás entrarte por atrás?

Los chicos viajan sobre los hombros de sus padres y Sushi consecuentemente sobre los míos, la idea es que toque la cola cuantas veces pueda, dicen que trae suerte y la verdad es que un poco la necesitamos, acabamos de mudarnos al departamento de Lito y Chen, conservo sus cenizas en la cocina, a veces les hablo, y acabo de empezar a trabajar en el local de computación, además la panza de Yintai crece y crece, los nenes chinos suelen ser grandotes, en pocos meses voy a ser papá. Ya lo soy, si voy a ser sincero, como se dice en chino Sushi me ha crecido dentro del corazón, el enano y yo somos inseparables, por la mañana le regalé un sobre rojo con algo de plata, quiero que empiece a ahorrar para su primera computadora, en el Lai-si de Yintai puse todo el resto de mis ahorros, no es mucho pero suma, me gusta la idea de irnos a México cuando nazca nuestro hijo.

—¿Pero me prometés que después no vas a querer cruzarte a Estados Unidos como todos tus paisanos?

—Te prometo.

Sólo peatones los días sábado y domingo de 11 a 20 horas y Año Nuevo Chino dice un cartel al principio de la calle Arribeños, inútil como casi todos los carteles de esta ciudad, los sábados y los domingos el que quiere pasar igual pasa y durante la fiesta de la primavera no se puede circular ni a pie, cuando el dragón llega de vuelta a la calle Arribeños la marea de gente es tal que hay avalanchas y empujones, si esto no es la China la China donde está. Entonces pasa lo que más me temía, justo enfrente de Multicolor lanzan una batería ensordecedora de petardos y fuegos artificiales, Sushi grita de la alegría y Yintai aplaude pero yo estoy muy inquieto, en realidad lo que estoy es aterrorizado, la conversación con Li todavía reverbera en mi cabeza y aunque nunca creí de veras en sus predicciones apocalípticas tampoco descarto la posibilidad de que algo malo ocurra, ya bastante peligrosa es la pólvora cuando no está cargada de teorías conspirativas, además de que estamos entrando al año del cerdo, para los judíos una afrenta.

—Etá pálido. ¿Pasa algo?

—Nada que tenga sentido discutir antes si es que termina ocurriendo después.

Pero gracias al cielo nada malo ocurre, los petardos y los fuegos artificiales contra el monstruo Nian se acallan y el long sigue con su recorrido, más tarde llega la danza de los leones y del Yuen Chi, la gente aplaude y come y compra, los blancos regatean hablando como chinos, hacer a mí precio más barato, los chinos les sonríen, eso traducido significa Min-Ga. A eso de las cuatro nos metemos con Yintai y Sushi en la Asociación taiwanesa para ver los espectáculos de danza, ahí nos encontramos con Ludovica Squirru, la que popularizó el horóscopo chino en Argentina, al parecer también fue una de las primeras en cruzarlo con la mitología maya, nos dice que este es un año propicio para el amor, los hijos y los viajes, el chico que la acompaña intenta explicarme cómo funciona el calendario lunar pero no lo logra, tal vez porque está borracho pero más probablemente porque ese calendario carece de lógica.

No volvemos a casa antes de las doce, tirado en la cama pienso que aún faltan quince días de festejo y en que me hubiera gustado gastarlos con Lito y Chen, después pienso en Li, hace unos días lo agarraron en El Palomar con una mochila cargada de bombas molotov, tal vez era que se estaba preparando para la tercera guerra mundial anunciada por él mismo, dicen que hacía días que venía durmiendo en plena calle tapado con diarios, la gente le llevaba comida de la lástima que daba, pobre Li, ahora de la cárcel seguro que no sale nunca más.

—Etaba loco, tu maestro —se burló en su momento Yintai.

—Él dice que las bombas no eran suyas —lo defendí yo.

—¿Seguí creyendo? No puedo creer. So superticioso má que chino.

—No digo que le creo, digo que hay que esperar al juicio para juzgar.

—Tu problema e la corrección política. No te animá a decir que e chino loco de mierda y hay que mandarlo a China para que lo cuelguen.

—Se merece un juicio como cualquier otro ciudadano.

—Bueno, pero por la duda tú no ir, a ver si secuetra ti de nuevo.

Yintai vuelve de acostar al enano, se mete en la cama y me abraza, entonces dejo de pensar en Li y pienso en todo lo que tuvo que hacer la Gran Computadora para que yo conociera a mi nueva familia, ella tuvo que huir de China y refugiarse en la casa de unos amigos de Li y yo tuve que salir de testigo cuando lo detuvieron y ser secuestrado por él después del juicio, rebobinando todo me siento perplejo, también un poco indignado, no entiendo que se necesiten tantas casualidades para que uno pueda encontrar la felicidad.

—¿Pensaste alguna vez que nosotros dos nunca deberíamos habernos encontrado?

—Dui. Demasiada suerte, tengo miedo que robamo a alguien y por culpa nuestra alguien sufriendo.

—Pero si te encontraras a ese alguien, ¿le devolverías la suerte?

—Meio.

—Mirá que ese alguien podemos ser cualquiera de nosotros en el futuro.

—No importa.

—La verdad es que a mí tampoco. Feliz año nuevo, amor.

—新年乐, 小爱.

El III Premio de Novela La otra orilla 2007, dotado con 30.000 dólares, con un jurado compuesto por César Aira, Nuria Amat y Santiago Gamboa y en el que participaron un total de 411 manuscritos, recayó por unanimidad en la novela *Un chino en bicicleta*, presentada bajo el seudónimo Osvaldo Caracol, que resultó ser Ariel Magnus.